KB154057

내 이웃의 안녕

내 이웃의 안녕

표명희 소설집

창비

차례

씨에로

규에게서 연락이 왔다. 잠적한 지 열하루 만이었다.

—나, A시에 와 있어.

차분하고 담담한 어조였다. 그동안 애태웠던 걸 생각하니 안도와 반가움만큼이나 서운함과 배신감이 따랐다.

—이리로 내려오는 게 어때. 선생님 모시고.

그라는 존재가 소리에 오롯이 실려 있기라도 한 듯 나는 서둘러 그러겠노라고 말했다. 금방이라도 그가 전화기 속으로 사라져버릴 것 같아서였다. 아니나 다를까 통화가 끊기고 나니 상실감이 휑하니 밀려왔다.

—내 그럴 줄 알았다.

선생의 반응도 의외로 담담했다. 그동안 틈만 나면 내게 전화해 규에게서 연락이 없었느냐며 속 끓였던 일 같은 건 안중에도 없었다.

—우리가 여행을 시작한 이래로 지금까지 한 번이라도 거른 적이 있었어야 말이지.

선생은 이번에도 차질 없이 이루어지게 된 여행에 만족하는 눈치였다. 규의 일은 뒷전으로 물러나고 A시로의 여행이 우리 앞에 떡하니 놓였다. 햇수로 벌써 칠 년째 접어들고 있는, 해마다 봄이면 셋이서 성지순례라도 하듯 꼬박꼬박 해온 여행이었다.

다음날, 나는 김선생과 고속버스 터미널에서 만났다. 대합실의 붐비는 사람들 사이에서 선생을 발견하기란 그리 어렵지 않았다. 육십대 노신사가 흰색 이어폰 줄을 늘어뜨리고 스마트폰 액정을 들여다보고 있는 모습은 휴대폰 사용자의 절반 이상이 스마트폰을 쓰는 추세임에도 유난히 두드러져 보였다. 노안 탓에 폰과 눈 사이 거리가 남들 두세 배나 되는 점도 눈에 띄었다. 선생은 여행용 배낭 대신 작은 카키색 크로스백을 메고 있었다. 그의 짐이 부쩍 단출해진 것도 빼놓을 수 없는 변화였다. 사진 찍기가 취미인 선생은 여행 때마다 짐이 카메라 장비로 넘쳤다. 수동 카메라에서 DSLR로 옮겨가면서 짐이 대폭 줄었고 작년에는 디지털 카메라로 바뀌더니 마침내 스마트폰 카메라에 도달해 있었다. 삼십 년 넘는 교직 생활로 근검절약이 몸에 밴 선생이 언제부터 '얼리어답터' 취향을 갖게 되었는지 정확치 않다. 정년퇴직 후부터인지 이 년 전 위암 진단을 받고 난 뒤부터인지……

난 가벼워지기로 했다. 선생이 선언하듯 말했다. 수술에서 그는 위를 절반이나 잘라냈다. 몸무게가 십 킬로그램 줄었으나 몇 개월 회복 기간을 거치고는 이전보다 더 혈기왕성해졌다.

김선생은 규와 나의 초등학교 은사다. 첫 부임지로 발령 받아 와 삼학년 때 우리 반 담임을 맡았다. 첫정이란 게 있잖냐. 끈끈함이 묻어나는 목소리로 선생이 말했다. 삼십 년 넘는 교직 생활에서 그 '첫정'의 결실이 규와 나였다. 우리의 초등학교가 있던, 서울에서 고속버스로 네 시간 거리에 있는 남쪽의 지방도시 A는 엄밀히 말해 누구의 고향도 아니었다. 나는 아빠의 근무지를 따라 어린 시절을 보낸 곳이고 김선생은 대학 시절과 교직 생활로 이삼십대를 보낸 곳이었다. 그리고 규는 그 지역 고아원 출신이었다. 산수가 빼어난 것도 아니고 유서 깊은 고장도 아니었건만 선생은 유난히 그곳을 좋아했다. 난 그곳 바람을 쐬고 와야 일 년을 견딜 수 있어. 선생이 버릇처럼 하는 말이다. 당신 인생의 절정기를 보낸 곳이니 말해 뭣하랴 싶었다. 나만 해도 온갖 명분과 핑계거리를 만들어 방학의 대부분은 유학했던 나라를 찾아 떠돌면서 보내니 말이다. 시간과 돈이 터무니없이 들었음에도 내겐 그것이 도박꾼이 도박판을 찾듯 멈출 수 없는 일이 되어버렸다.

슬하에 자식이 없는 김선생에게는 규와의 관계가 맞물리는 톱니바퀴 같았다. 삼십 년 가까운 길고 돈독한 인연은 그래서 가능했을 것이다. 유학 생활로 십 년이나 떠돌며 살았던 나는 그들과의 관계도 들쭉날쭉했다. 칠 년 전 완전히 귀국하고 나서야 지속적인 만남이 가능했다. 하지만 어떤 관계도 영원히 지속할 수 없음을 일깨우는 일들이 자꾸 생겨나고 있었다. 선생이 위암 진단을 받았을 때도 그랬고, 이번 규의 일도 마찬가지였다.

고속도로 휴게소에는 봄날 꽃구경을 나선 단체 관광객이 유난히 많았다. 다투어 피는 꽃들만큼이나 현란한 그들의 옷차림과 들뜬 분위기가 같은 여행자 입장이면서도 나는 못마땅했다. 화장실과 식당에서 사람들이 무리지어 다니며 쏟아놓는 한바탕 웃음과 향토색 물씬 나는 사투리 섞인 수다도 거슬렸다. 보이지 않는 울타리 같은 게 느껴졌던 것이다. 나는 커피를 사들고 밖으로 나와 휴게소 마당을 바라보며 마셨다. 평소 즐겨 먹는 종류의 원두였지만 쓴맛이 유난히 강했다. 대기는 부옇게 흐렸고 간간이 황사 바람이 불어왔다. 꽃을 시샘하듯 황량하고 을씨년스런 날씨였다. 차라리 그게 나았다. 화사한 꽃에 맑은 햇빛까지 가세하면 그 현란함을 감당키 어려울 터였다.

다시 버스에 오른 나는 주객이 전도된 이 적절치 못한 여행에 대해 생각해보거나 한 번씩 차창 밖 풍경에 눈길을 던지며 시간을 흘려보냈다. 착잡하고 떨떠름한 기분이 규의 일 때문만은 아니라는 생각이 들었다. 지금까지의 여행이 거의 그랬다. 황사 심한 사월의 날씨 탓도 있었을 것이다. 규와 선생의 여행에 내가 들러리 서듯 따라붙었다는 느낌도 지울 수 없었다. 아니 무엇보다 귀국 후 칠 년이 넘도록 자리를 잡지 못한 내 어정쩡한 처지 때문이었을 거다. 내 나라 내 땅이었건만 어디를 가도 나는 이방인처럼 겉도는 기분이있나. 언젠가부터 이 여행이 내겐 유일한 국내 여행이 되어버렸고, 이마저 적절한 시기를 봐서 빠져나갈 생각이었다. 좀더 일찍 빠져나갈걸 그랬나, 하는 후회도 스멀거렸다.

선생은 수업 시간에 딴짓하는 아이처럼 내내 손안의 스마트폰에 빠져 있었다. 나는 선생의 그런 의뭉스럽고 돌출된 행동도 내심 못마땅했다.

"내가 왜 이걸 살 생각을 했는지 알아?"

활짝 꽃핀 벚나무 가로수 길을 지나칠 때 선생이 불쑥 휴대폰을 흔들어 보이며 말했다.

느닷없는 질문에 나는 눈만 멀뚱거렸다.

"못마땅해서야."

선생의 한마디에 나는 속내를 들키기라도 한 듯 뜨끔했다.

"이어폰으로 귀 막고 액정화면에 빠져들어 있는 젊은것들 보고 있으면 이상하게 못마땅하더라고. 내가 세상에서 자꾸 밀려나는 것 같고…… 그래서 샀어. 내 손으로 직접 해보니까 그런 못마땅함이 누그러들데. 마음의 벽 허무는 거 그거 간단하더라고. 요샌 이런 거 하나면 만사 오케이야."

그는 고도로 압축된 문명의 이기를 또 한 번 흔들어 보였다. 스스로 체득한 삶의 지혜를 들려준 선생은 다시 액정화면으로 돌아갔다.

* * *

규는 A시 터미널에서 우리를 기다리고 있었다. 우리가 탄 버스가 터미널 주차장으로 들어설 때 나는 한쪽 구석에 세워진 그의 코발트색 자동차를 보았다. 시멘트 담벼락과 부연 대기 속에서 그의 애마는 심해에서 금방 건져올린 등 푸른 생선처럼 생동감 있어 보였다. 규는 차 앞쪽 문에 기대서서 담배를 피우고 있었다. 등뒤에 서 있는 그의 코발트빛 애마와는 대조적으로 그의 모습이 희미하고 불안정해 보였다. 담배 연기 혹은 황사 탓일까. 버스는 완만한 곡선을 그리며 터미널 마당을 천천히 돌았다. 차창으로 보이던 그가 일순간 사라졌다. 건물 벽에 기대어 있는 빈 의자가 눈에 들어왔다. 세 개씩 연결된 플라스틱 의자가 신호등을 연상시키며 벽을 따라 늘어서 있었다. 녹색, 빨강, 노란색 의자였다. 출입문을 가운데 두고 다시 녹색, 빨강, 노란색 의자가 반대편 벽에 기대 놓여 있었다.

"오시느라 힘드셨죠."

밝은 목소리로 규가 우리 앞에 성큼 다가섰다. 김선생이 덥석 그의 손을 잡으며 한쪽 어깨를 그러안았다. 두 사람의 손이 얽혀들고 어깨가 겹쳐지는 걸 보면서 나는 규의 존재를 실감했다. 그간의 행적을 짐작케 해주듯 그의 얼굴은 약간 그을려 있었다. 다른 변화는 찾아볼 수 없었다. 평소보다 건강해 보이는 혈색이었다. 보는 것이 믿는 것, 보이지 않는 건 존재하지 않는 것이었다. 규의 문제는 애당초 없었고 우리 앞에 놓인 건 '여느 해와 다름없는 여행'이라고 나는 생각했다.

"이 애물단지랑 한강에 뛰어들었나 했다."

선생이 규의 자동차를 흘겨보며 운을 뗐다. 규의 잠적을 부추기고 이끈 장본인이기라도 하듯.

"잠수 좀 했죠, 이놈이랑."

규가 귀퉁이가 살짝 깨져나간 사이드미러를 만지며 말했다.

"죄질로 따지면 잠수가 아니라 뺑소니 차에 가깝지."

나는 규의 잠적이 우리에게 끼친 심적 고통을 일깨우는 걸 잊지 않았다.

나는 '애착', 선생은 '집착'이라고 하는, 자동차에 대한 규의 각별한 애정을 우리는 잘 알고 있었다. 그것은 자가용이라기보다는 애완동물, 아니 반려동물에 가까웠다. 차종은 씨에로(Cielo). 지금은 단종된, 십육 년 전에 출시된 모델이다. 스페인어로 '하늘'이라는 뜻을 가진, 맑은 청색 하늘빛을 한 그것은 의사인 규가 펠로 과정에 들어서면서 마련한 차였다. 결혼을 하고 그의 생애 처음으로 가정이라는 보금자리를 꾸린 해이기도 했다.

이놈이 내겐 '또 하나의 가족'인 셈이야. 대기업 광고 문구를 끌어다 쓰며 그가 자신의 차의 의미를 말한 적이 있었다. 돌이켜보니 그때 이미 그것은 규에게 남은 '유일한 가족'이라는 말이었다. 그의 아내와 어린 아들은 일찌감치 미국으로 건너갔고 그는 '기러기 아빠'란 명분으로 지금껏 혼자 살아왔다. 가족이라는 이름으로 둘러지는 든든한 울타리, 혹은 편안한 보금자리는 그와 별 인연이 없어 보였다.

출시 이 년 만에 단종된 '비운의 모델'이라는 수식이 따라붙는 그의 씨에로는 접촉사고 한번 낸 적 없지만 십육 년이란 시간의 더께만큼은 차체에서 고스란히 묻어났다. 자세히 보면 여기저기 긁힌 자국과 자잘한 흠집투성이였다. '달리는 종합병원'이란 선생의 빈정거림에도 아랑곳없이 규는 차에 생긴 문제들을 고치려들지 않았다. 문제가 생기면 생기는 대로 방치했다. 차체에 남은 크고 작은 흠집들을 그는 차의 이력으로 여기는 것 같았다. '안전'에 관한 현실적인 문제를 따지고 들면 그는 주저 없이 계기판의 주행거리를 가리켰다. 십육 년 주행거리가 육만 킬로미터밖에 되지 않았다. 규의 집과 병원 간 거리가 삼 킬로미터 정도인데다 지난 십육 년간 그것은 출퇴근 전용차나 다름없었다. 엔진을 비롯한 핵심 기관은 새 차 못지않다는 것이 그의 주장이었다. 컴퓨터와 정보통신 기능으로 움직여가는 요즘 차들과 달리 규의 차는 기어 넣는 것부터 창문 여는 것까지 다 수동이었다. 심지어는 기름 넣을 때 주유구도 운전자가 직접 열어주어야 했다. 이용자의 완벽한 '셀프' 서비스 정신을 필요로 하는 차였다. 차가 아니라 상전을 모시고 다니는 꼴이구나. 선생은 규의 태도를 곧잘 비꼬았다.

"선생님, 타시죠."

규가 의전용 차의 기사처럼 앞쪽 차문을 열며 말했다.

선생은 앞자리에 나는 뒷자리에 올랐다. 햇볕을 고스란히 받은 차 안은 더웠다. 창문을 열려고 했으나 손잡이가 꿈쩍도 하지 않았다.

"어, 이 창문 고장 난 거 아냐?"

"아니, 별문제 없는데."

규는 자신의 차에 대해 '문제가 있다, 없다'라고 했다. '고장 났다'거나 '망가졌다'는 말은 쓰지 않았다.

"살짝 미는 느낌으로 손잡이를 왼쪽으로 한 바퀴 돌려. 그런 다음 반대편으로 부드럽게 당기는 느낌으로 반 바퀴 돌렸다가 다시 왼쪽으로 한껏 돌리면 완전히 열려."

그는 무도회장에서 댄스 파트너를 다루는 방법, 아니 연인의 마음의 문을 여는 비법이라도 알려주는 것 같았다. 나는 그의 말대로 따랐다. 창문 여는 것보다 그의 말이 맞는지 확인하고 싶은 생각이 더 컸다. 손잡이를 살짝 밀면서 왼쪽으로 한 바퀴, 부드럽게 당기는 느낌으로 반대쪽으로 반 바퀴…… 처음엔 잘되지 않았다. 두번째도 실패였다. 세번째 시도에서 겨우 성공했다. 진땀에다 짜증이 극에 달한 끝에 창문이 스르르 내려가자 손끝에서부터 짜릿한 성취감이 전해왔다. 밀려드는 바깥공기가 지리산 천왕봉에서 맞는 바람처럼 상쾌했다.

선생은 나오다 자꾸 걸리는 좌석 벨트를 당기느라 끙끙댔다.

"이 애물단지 자동차는 대체 문제점이 몇 가지나 돼?"

간신히 벨트를 채운 선생이 규를 보며 물었다.

"글쎄요, 한 스무 가지……? 아니, 스물한 가지요."

무심히 내뱉는 그의 대답에 나도 갑자기 좌석 벨트가 매고 싶어졌다. 하지만 뒷좌석 벨트는 하나같이 넙적하고 기다란 끈에 지나지 않았다. 차 안을 슬쩍 보기만 해도 문제점 네댓 가지는 금세 눈에 띄었다. 전면 창 오른편 아래쪽에는 어른 손바닥만한 거미줄 모양의 금이 미세하게 나 있고, 콘솔 박스

귀퉁이는 깨져나가 안이 살짝 비치고, 재떨이는 닫히지 않아 그대로 노출되어 있고…… 그런 식이었다. 창문도 멀쩡한 건 하나뿐이었다. 운전석 창은 아예 열리지 않았고 조수석 창은 반만 열렸고 뒷좌석 오른쪽 창은 춤 상대 다루듯 해야 열렸다.

"명색이 의사라는 작자가 자동차 관리에 왜 이렇게 소홀하냐. 병자라면 의술에 기대지 말고 그냥 앓다 죽으라는 얘기 아냐."

선생은 직업에 빗대어 규의 태도를 나무랐다.

"선생님께서 저의 936번째 수술 환자라는 사실 잊으셨어요?"

규가 이렇게 받아치면 선생도 한풀 꺾일 수밖에 없다. 선생의 위 절제 수술을 맡은 담당 의사가 규였다. 수술이 대성공이었으니 규는 선생에게 제2의 인생을 가능케 한 은인이나 다름없었다. 선생은 서슴지 않고 규를 대한민국 최고의 외과 의사로 꼽았으며 규는 규대로 선생께 진 빚의 절반은 갚은 기분이라며 감격스러워했다. 규가 대학에 입학할 때까지 선생은 물심양면에서 그의 든든한 후원자였던 것이다.

1,012회. 지금까지 규가 행한 수술 횟수다. 소속 병원 외과의 중에서도 최고라는 기록이 말해주듯 지난 십수 년간 그는 오롯이 일에 빠져 살았다. 집과 병원을 시계추처럼 오가는 생활이었다. 사실, 시계추가 병원에 멈춰 있는 경우가 더 많긴

했다.

일이 저를 구제해준 셈이죠. 외로울 틈도 없었으니까요. 규가 말했다. 일이 자넬 구제한 것인지 아니면 일 때문에 홀아비 신세가 됐는지 냉정하게 따져봐. 기러기 아빠라는 건 명분에 지나지 않음이 밝혀졌을 때 선생이 나무라듯 지적했다. 사실, 전 병원이 집보다 더 익숙하고 편했어요. 그는 자신의 치명적 과오를 모르지 않았다.

내 기억에 규가 몸담고 있는 집이란 늘 비슷한 운명의 사람들로 북적이는 곳이었다. 어릴 적 고아원이 그랬고 어른이 되어서는 흰 가운 차림의 사람들이 분주하게 오가는 병원이 그랬다. 차에 생긴 문제를 방치하는 규의 별난 습성을 나는 외과의사라는 그의 직업에서 찾은 적이 있었다. 피가 배어나오는 사람의 생살을 가르고 꿈틀거리는 장기를 떼어내고 다시 이어붙이고 꿰매는, 외과적 처방에 신물이 나서 그러는 거라고. 가당찮은 소리. 내가 아는 외과의사 중 그런 인간 하나도 없다. 황보규라는 별종만 빼놓고…… 선생은 내 추측을 근거 없는 소리라며 일축했다.

차는 사거리 모퉁이에 있는 대형 주유소로 들어섰다. 가을 운동회를 연상시키며 휘날리는 만국기가 주유소 천장을 이루고 있었다.

"젠장, 이놈의 벨트…… 볼일을 건너뛸 수도 없고……"

선생이 허술한 좌석 벨트를 풀며 툴툴거렸다.

규는 운전석에서 급히 내려 선생이 내릴 쪽 문을 열었다. 조수석 문은 바깥에서만 열렸던 것이다. 의전용 차의 기사 같은 깍듯함이 규의 동작에서 묻어났다. 의사야말로 진정한 서비스업 종사자라 할 수 있지. 환자란 몸과 마음, 그 둘을 다 헤아려 보살펴야 하는 까다로운 서비스 상대니까. 언젠가 규가 했던 말이 실감나는 모습이었다.

주유구 뚜껑도 규가 직접 열었다. 그것 역시 자신만이 할 수 있는 일이었다. 점원이 기름을 넣는 동안 규는 화장실 쪽으로 걸음을 옮겨놓으며 담배를 꺼내 물었다. 골초인 그는 운전 중에도 곧잘 담배를 피웠는데 이번에는 운전석 창문이 열리지 않아 어쩔 수 없었던 것이다. 차창으로 규와 선생이 화장실 앞에 서 있는 모습이 보였다. 둘은 거꾸로 돌려놓은 시간 속에 들어서 있었다. 흡연을 나무라는 선생, 피우던 담배를 감추며 머리를 긁적이는 규, 둘은 영락없는 문제 학생과 지도 교사였다. 몇 모금 빨지 않은 담배를 포기해야 했던 규는 선생을 뒤따라 자동차를 향해 걸음을 옮겨놓았다. 아득한 과거를 벗어나 한 걸음 한 걸음 현재로 돌아왔다.

"피로 좀 푸세요."

규가 엷은 오렌지색 비타민 음료를 선생과 내 앞에 각각 내밀었다. 그새 주유소 내의 간이매점에 들렀던 모양이다. 내가 잠시 한눈파느라 놓친 장면이었다. 시원하고 상큼한 비타민 음료가 목으로 넘어가면서 피로가 한결 풀리는 느낌이었다. 규의 서비스에는 전문가의 처방까지 포함되어 있는 것 같아 신뢰가 묻어났다. 나는 다시 그의 동선을 좇았다. 주유구 마개를 닫은 규는 점원이 가져온 카드와 영수증을 받아 챙겼다. 그런 다음 자판기에서 커피 한 잔을 뽑아 들고 다시 운전석에 올랐다. 주유소에 잠시 머무는 동안 규가 그려낸, 남의 몇 배에 달하는 길이의 동선이 또렷이 재생되었다. 날렵하면서도 물 흐르듯 자연스러웠다. 늘 그랬다. 여행에 나서면 그는 손수 모든 걸 챙겼다. 숙소와 식당 예약은 물론 휴게소에서 마시는 음료수 하나까지 빠뜨리지 않았다. 나와 선생은 그런 규를 지나친 완벽주의 혹은 결벽증이라고 나무랐다. 규는 그것 또한 여행의 즐거움이라고 강조했고 우리는 은연중에 그걸 누렸다. 지금껏 A시로의 여행을 지속하게 해준 건 돌이켜 생각하니 전적으로 규에 힘입은 것이었다. 그리 새로울 것 없는 여행 그 자체보다 나는 그의 세심한 배려와 친절을 즐겼던 것 같다.

"이 컵홀더는 자판기 커피 전용이야. 테이크아웃 커피는 무게 감당을 못해."

규가 자판기 커피의 종이컵을 노란 고무줄이 친친 감긴 컵홀더에 꽂으며 말했다. 룸미러에서 나는 그의 눈과 마주쳤다.

날카로우면서도 선하고 서글서글한 눈매였다. 피로 탓인지 살짝 쌍꺼풀 진 그의 눈을 피해 내 눈길은 다시 고무줄 감긴 컵홀더로 옮겨갔다. 컵을 지탱하고 있는 홀더의 노란 고무줄이 금방이라도 끊어질 것처럼 위태로워 보였다.

"선생님, 오늘은 어디로 가죠?"

주유소를 벗어나면서 규가 물었다.

선생은 대답 대신 스마트폰만 열심히 뒤적였다. 그걸로 모든 문제를 해결할 수 있음을 보여주겠다는 태도였다.

"이놈이 시키는 대로 하면 돼."

선생은 내비게이션으로 변신한 폰을 규의 눈에 잘 띄는 곳에 고정해놓았다. 길 안내 화면이 뜨고 여자의 음성이 흘러나오기 시작했다.

"이거 하나가 여러 회사 말아먹었겠는데요."

규는 감탄과 냉소가 섞인 말을 농담으로 던졌다.

"새것이 나오면 구닥다리야 당연히 자리를 양보해야지."

선생이 되쏘았다. 단종된 차를 십육 년째, 그것도 문제투성이인 채로 몰고 다니는 규의 태도를 빗댄 것처럼 들렸다. 그런 면에서 나 또한 규 못지않았다. 휴대폰 단말기는 물론 번호까지 처음 가입할 때 받은 통신사 번호 011을 그대로 쓰고 있었던 것이다. 규와 나는 선생과는 상반된 행동을 보이지만 어쩌면 그것은 같은 위기의식에 뿌리를 내리고 있는 것인지도 모른다는 생각이 들었다. 끊임없이 밀려드는 새것의 위협에 대한 일종의 방어심리 같은 게 아닐까. 아니, 더 정확히 말해 치기 같은 것인지도 몰랐다. 적어도 내 경우는……

목적지는 A시의 경계를 이루는 산의 기슭에 만들어진 둘레길, 지금껏 우리가 한 번도 찾지 않은 곳이었다. 걷기 열풍이 일면서 온 나라 곳곳에 운동기구 설치하듯 산책로가 조성되고 있었다. 무엇이든 한번 유행하기 시작하면 쓰나미처럼 순식간에 전 국토를 휩쓸어버리는 것, 그것이 내 나라 사람의 기질이자 이 땅의 특성이라는 걸 귀국 후 나는 절감하고 있었다. 그런 현실에 내가 부적응자가 되어 있다는 사실, 그것이 유학 생활 십 년에 얻은 결과물의 하나라는 것도 깨달았다.

차가 목적지에 닿자 우리는 눈앞에 펼쳐진 풍경에 감탄하며 차에서 내렸다.

"그동안 입산 금지 구역이었대. 그만큼 생태 보전이 잘된 곳이라는구만……"

선생이 짧게 덧붙이고는 앞장섰다.

"그럼 이제 망가질 일만 남았다는 거잖아."

규는 선생에게 들리지 않도록 내게 눈을 찡긋하며 말했다. 어느새 우리는 선생에 맞서 둘이 연대라도 맺은 기분이었다.

숲길로 들어서면서 선생의 폰은 카메라로 변신했다. 묵직한 카메라 가방에서 해방된 선생은 빠르고 가벼운 걸음이었다.

우리는 이전처럼 선생을 기다리거나 걸음을 늦출 필요가 없어 좋았다.

"요즘은 주로 뭘 찍으세요?"

규가 물었다.

"바람."

선생이 짧게 답했다. 그러더니 이끼 낀 돌무더기 사이에 핀 야생화에 렌즈를 들이댔다. 선생이 즐겨 찍는 대상은 몇 년 주기로 한 번씩 바뀌었다. 한때는 사찰 건물 중에서도 산신각만 찍었다. 또 한때는 바위 위에 자라는 뒤틀린 소나무를 즐겨 찍다가 한동안은 인물의 측면 사진만 찍기도 했다. 그리고 이제는 바람……

선생은 앞서거니 뒤서거니 하면서 그루터기의 단면을 찍기도 하고, 줄기와 가지가 한쪽으로 쏠린 소나무를 찍기도 했다.

"먼저들 가거라."

선생은 규와 나를 앞세우고 뒤에 처졌다.

모퉁이를 돌 무렵 나는 흘끗 선생 쪽을 돌아보았다. 그는 우리를 찍고 있는 것 같았다.

"뭐 찍으셨어요?"

규가 우리 곁으로 다가온 선생께 여쭈었다.

선생은 우리를 지나쳐가며 무심히 대꾸했다.

"바람."

* * *

"나 참, 오지 말자니까 고집도 원."

차가 고갯마루에 멈춰 서자 선생이 투정 부리듯 말했다.

"제일 좋아하시는 곳이잖아요?"

규가 이해할 수 없다는 듯 반문했다. 지금껏 한 번도 빠뜨리지 않았던 곳, 저물녘이면 노을을 보기 위해 찾던 곳이었다.

"다 지난 얘기다."

선생은 끝까지 고집을 부리며 차에서 내리지 않았다. 선생의 돌발행동에 규도 나도 고개를 갸웃했다. 선생이 A시를 해마다 찾는 이유가 저물녘의 이 고갯마루 풍경을 보기 위해서라는 걸 한 번도 의심해본 적이 없었던 것이다. 이곳에 서면 저녁놀을 배경으로 옛 시가지가 훤히 보였다. 한때 우리가 몸담고 살았던 세상…… 사실, 예전 모습 그대로 남아 있는 건 없었다. 우리가 다녔던 초등학교는 몇만 명의 관중을 수용할 수 있는 종합운동장으로 바뀌었고 학교 뒤쪽에 있던 작은 예배당은 지하 주차장을 갖춘 오층짜리 새 교회 건물로 태어났다. 시로 승격되면서 군청이 있던 자리에 초현대식 시청 건물이 들어섰고 규가 자란 고아원이 있던 외딴 마을은 아파트 단지로 변했다.

시가지를 내려다보고 있으면, 이 땅에서의 건축 혹은 건축

물이란 두툼한 시간의 퇴적층을 단숨에 무너뜨릴 수 있는 힘 같은 것으로 보였다. 건설의 얼굴을 한 파괴력, 그것은 이 땅을 역동적으로 움직여가는 것처럼 보이게 하는 거대한 착시 현상에 지나지 않았다. 그런 시가지 풍경과는 대조적으로 하늘을 물들인 노을은 환상이었다. 붉게 물든 하늘을 바라보고 있으니 선생이 차에서 내리려 하지 않은 심정이 조금씩 이해되었다.

“저녁놀이 3D 입체영상 빰칠 수준이네.”

울적한 기분을 달래며 내가 한마디 했다. 층층이 두껍게 깔린 구름에 노을빛이 농담을 달리하며 스며든 모습이 실제로 그렇게 보였다.

“장밋빛 환각제 같은걸.”

담배 연기를 길게 내뿜고 난 규도 한마디 했다. 연기에 노을빛이 부분부분 흐릿해졌다.

“선생님이 앞으로도 계속 저러셨으면 좋겠어.”

규가 자동차 쪽을 흘끗 돌아보며 말했다.

의외의 멘트였다. 규는 한동안 묵묵히 하늘만 바라보았다.

“난 여기가 좋았던 적이 한 번도 없어……”

뜬금없는 한마디가 내 속까지 후련하게 했다. 오랫동안 내 속에 도사리고 있던, 지금껏 한 번도 드러내지 않았던 감정을 그가 정확하게 짚어 표현해준 것 같았다. 기억할 거리라곤 남아 있지 않은 옛 장소, 향수는커녕 살얼음판 같은 현실만을 일깨우는 곳을 나 또한 좋아할 이유가 없었다. 그저 이곳을 찾은 건 습관이었고 의무였다. 규도 그랬던 것일까?

"내가 진 빚을 끊임없이 일깨운 곳이었거든."

'빚'이라는, 우리 사이에서 익숙지 않은 단어가 등장했다.

"깨어나 잠자리에 들 때까지 우리는 누군가에게 감사하는 일이 그야말로 '일'이었어. 가깝게는 수녀님과 원장 신부님에서 시작해 하느님, 어느 독지가와 사회단체, 그리고 기업, 이 나라…… 먹을 때나 입을 때나 즐겁게 떠들고 놀 때도 그들의 은혜와 친절을 떠올리며 늘 감사해야 했지. 신세진 사람들이 짜증스러울 정도로 많고 복잡해서 후보 단일화하듯 차라리 하느님 한 분을 대표자로 하면 얼마나 좋을까 싶었던 적도 있었어."

규가 고아원 시절 이야기를 꺼낸 건 처음이었다. 그곳 출신자로는 드물게 탄탄대로를 걸어온 그의 반짝이는 삶 뒤에 가려진 문제에 대해 나는 한 번도 생각해본 적이 없었다. 그때의 부채감이 그토록 뿌리 깊게 남아 있을 것이라곤 더더욱. 그의 삶의 방식은 거기에 깊이 닿아 있어 보였다. 선생과 내가 좀체 납득하기 어려웠던 그의 취향과 고집도, 그가 의사라는 직업을 택한 것도, 일 중독자가 된 것도, 어떤 상황에서든 끊임없이 누군가를 위해 뭔가 베풀어야 마음이 편해지는 과도한 배려심도 그 부채감과 무관치 않아 보였다. 규라면 그러고도 남을 위인이었다.

"이제야 그 빚을 탕감한 기분이야."

긴 속박에서 풀려난 듯한 목소리였다.

"이제 가자. 청승 그만 떨고."

선생이 외쳤다. 그 한마디에 우리는 자리를 털고 일어났다.

차에 올랐으나 출발이 순조롭지 않았다. 시동이 자꾸 꺼졌다.

"이놈이 요즘 컨디션이 안 좋아요. 황사 탓인지."

규가 양해를 구하듯 덧붙였다.

"이번 기회에 미련 없이 청산하고 새것으로 하나 장만해라. 기분 전환도 할 겸."

기다렸다는 듯 선생은 진지하게 조언했다.

"나 봐라. 휴대폰 하나로 삶이 바뀌었잖냐."

선생은 당신의 경험을 또 한 번 내세웠다.

"선생님, 제가 십육 년간 이놈과 함께하면서 느낀 게요, 천 명 넘는 환자를 수술하면서 깨우친 것과 하나도 다를 게 없었어요. 생체 활동만으로는 온전한 삶을 누릴 수 없는 인간처럼 자동차도 기계적 메커니즘만으로 돌아가는 게 아니더라고요."

선생의 말에 반박하듯 규가 말했다. 그러고는 다시 시동을 걸기 시작했다. 하지만 번번이 허사였다.

"그래서 이 꼴로 방치하는 거냐? 상처와 병이 그렇게 즐길

거리더냐?"

선생이 갑자기 흥분했다. 그것은 이미 차의 문제를 넘어서 있었다.

"황보규, 자넨 이제 의사가 아니야. 환자라고, 환자."

선생은 마침내 규의 문제를 끄집어냈다. 여행이라는 장밋빛 휘장에 가려져 있던, 모두가 천연덕스럽게 해왔던 연극의 진상이 드러난 것이다. 규는 한 달 전 췌장암 진단을 받은 환자였다.

해가 산 너머로 완전히 넘어갔다. 노을의 시간은 짧았다. 그 애틋함이 색채의 황홀감을 더하는 게 아닐까 생각하며 나는 차 안의 어둠과 침묵을 견디고 있었다.

규는 다시 시동을 걸었다. 기다렸다는 듯 시동이 걸렸다.

"놈이 이렇다니까요. 더 볼 게 없으니까 이제 가려고 하잖아요."

***

"오늘은 연이 네가 앞에 타거라."

숙소를 나오면서 선생은 당신의 자리를 내게 권했다. 규와의 신경전을 피하고 싶어서거나, 아니면 의전용 차의 기사 같은 그의 깍듯한 친절이 불편해서였을 수도 있었다. 조수석에 앉으니 시야는 넓어졌다. 전날보다 황사가 더 심해 확보된 시야가 오히려 답답하게 느껴지긴 했지만……

차가 달리자 어디선가 잘랑거리는 맑은 금속성 소리가 들렸다. 룸미러 뒤쪽에 달려 흔들리고 있는 은빛 에펠탑 열쇠고리였다. 탑 안쪽에 달린 작은 추가 흔들리면서 내는 소리였다. 언젠가 내가 파리의 벼룩시장에서 사서 선물했던 기념품이다. 유학 중이었는지 끝내고 들어오면서였는지 기억이 흐릿했다.

"논문 끝낸 기념으로 갔던 여행에서 사온 거라고 했었지. 1유로짜리를 두 개에 1유로 주고 샀다고 로또 당첨이라도 된 것처럼 자랑했으면서……"

규가 비상한 기억력을 발휘했다. 두 개 중 하나는 사귀던 남자에게 주었던 사실도 떠올랐다. 고민이 많던 시기였다. 결혼과 공부 사이에서 갈피를 잡기 어려웠다. 여행 막바지에 이르러 두 마리 토끼는 불가능하다는 결론에 다다랐다. 가족들의 설득과 권유를 무시한 채 공부에 올인하기로 마음을 굳혔다. 사귀던 남자에게 준 기념품은 이별 선물이 되어버렸다.

금이 간 라디에이터 커버를 묶어 고정해놓은 오색 끈도 눈에 익었다. 언젠가 선생의 카메라 다리에 부딪치는 바람에 금이 간 것을 내 머리띠로 묶어놓았던 것이다. 끈은 오색의 구분이 희미했고 때가 꼬질꼬질 묻어 반들거렸다. 출국을 앞두고 선물용으로 남대문 시장에서 샀던 것이다. 차 안의 이런저런 흔적들을 보고 있으니 규의 고집이 이해가 갔다. 그는 차에 난 흠집과 거기에 얽혀 있는 기억을 없애고 싶지 않았던 것이다.

"그러니까 너희 둘이 짝을 맺었어야 했는데……"

난데없는 선생의 말이었다. 규와 나는 서로 어이없어하는 눈빛을 교환했다. 둘이 나란히 앉아 있으니 잘 어울리는 커플로 비치기라도 했는지, 아니면 규의 순조롭지 못했던 결혼 생활이 떠올라 갑자기 당신의 심기가 불편했는지 모르겠다. 선생은 우리가 어릴 때에도 그렇게 말한 적이 있었다. 나중에 커서 둘이 결혼해라. 어릴 적에 숱하게 듣는 허황된 말 중 하나였다. 커서 마더 테레사 같은 사람이 되어라, 아인슈타인 같은 과학자가 되어라, 같은 말처럼. 싫어요 선생님, 딸린 식구가 너무 많잖아요. 순간적으로 규의 고아원 식구들을 떠올린 나의 대꾸였다. 시조부모까지 모시고 살아야 했던 엄마의 신세 한탄이 일찍부터 내게 영향을 미쳤던 것이다. 선생은 내 당돌한 대답을 두고두고 써먹으며 놀려댔다.

"연애가 성립할 첫 조건, 그게 다행히도 우리한텐 없었어요."

규가 웃으며 대답했다.

"첫 조건……?"

선생이 고개를 갸웃했다.

"타이밍. 그거 안 맞으면 말짱 헛거예요."

적절한 지적이었다. 둘이 같이 비어 있어야 감정이 스며들 여지라도 있는 것 아닌가. 오랜 세월 친구로 지냈으니 한 번쯤 서로에게서 이성의 감정을 느낄 법도 했건만, 아무리 헤집어봐도 그런 기억은 없었다. 이십대에는 각자 연애 대상이 따로 있어서였고 나중에는 무엇보다 나의 떠돌이 생활이 한몫했다. 유학 중일 때도 그랬고 국내에 들어와서도 별반 다르지 않았다. 대학 강사라는 비정규직은 불안정하긴 했어도 자유로웠다. 방학이면 어김없이 바깥을 떠돌았다. 앞날에 대한 불안과 무기력증에서 오는 도피성 여행이긴 했지만…… 학교에 자리잡는다는 건 꿈에 지나지 않았고 매 학기 시간강사 자리를 지키는 일마저 쉽지 않은 현실이 되어가고 있었다.

"제2의 인생, 그거 충분히 가능해. 늙은 나도 되는 거 보라고."

또다시 스마트폰 얘기를 꺼내는가 싶었으나 그건 아니었다. 선생은 당신의 새 삶을 가능케 해준 수술 담당의 규에 대한 찬사로 나아갔다. 그동안 귀가 닳도록 들었던 '대한민국 최고' '세계적 수준' '지존' 등등의 수사가 황보규라는 이름 앞에 놓였다.

"선생님, 명의는 환자가 만들어주는 거예요."

듣기 민망했던지 규가 선생의 말을 자르며 끼어들었다.

"그런 논리라면 훌륭한 선생을 만들어주는 건 제자라는 말이네."

선생의 순발력이 빛을 발했다. 규와 나는 옛일을 떠올리며 그의 재치에 새삼 감탄했고 그러면서 잠시 화기애애한 분위기가 이어졌다.

차는 벚나무 가로수 행렬을 지나고 있었다. 간간이 벚꽃 이파리가 눈처럼 흩날렸다.

"남쪽 지방 아니랄까봐, 꽃이 피는 것도 지는 것도 이렇게 빠르니……"

차창을 내다보던 선생이 혀를 차며 중얼거렸다. 그러는 사이에도 꽃잎은 쉴 새 없이 흩날렸다.

"선생님, 터미널로 가실 거죠?"

멀리 이정표를 바라보며 규가 말했다.

"서울로 가야지."

선생이 쐐기 박듯 말했다.

"그러니까 터미널에 내려드리면 되겠죠?"

"무슨 소리냐? 셋이서 같이 서울로 가야지!"

선생이 흥분해 소리쳤다. 당신의 애초 의도가 드러났다. 여느 때처럼 1박 2일의 여행을 마무리하고 규와 함께 서울로 돌아갈 생각이었던 것이다.

"저는 여행 더 할 겁니다."

확고한 의지가 담긴 말이었다.

"일벌레가 어떻게 하루아침에 베짱이가 되셨나."

선생이 빈정거리듯 말했다.

"저 스스로 내린 처방입니다."

"병원 일과 자동차에 쏟던 집착을 이제 자신에게로 돌릴 모양이구먼."

"집착이 아니라 의무고 애정이었습니다, 선생님."

진정성과 고집이 밴 목소리로 규는 선생의 표현을 바로잡았다.

"알았으니, 이제 성실한 환자의 자세로 돌아가."

당부와 다짐이 뒤섞인 어조로 선생이 말했다.

"이제부터 철저하게 제 몸의 주치의가 될 겁니다."

규도 물러서지 않았다.

"중이 제 머릴 어떻게 깎아?"

"가능하다는 걸 보여드리죠."

"이판사판이다 이거냐?"

"그 정도로 무모하지 않으니 염려 마세요."

"그래, 잘난 의사 양반 맘대로 하시게. 난 그냥 여기서 내릴 테니, 차나 세워!"

선생은 버럭 화를 내며 소리쳤다.

차가 섰고 선생은 뒤도 돌아보지 않고 내렸다.

* * *

선생은 내게 당신이 찍은 사진들을 보여주었다. 놀라웠다. 바람의 모습이 그토록 다채로울 줄이야. 허리가 휘청 꺾인 강변의 갈대, 파란 하늘 한 귀퉁이에 달아나듯 치우쳐 있는 뭉게구름, 나무 현판이 삐딱하게 걸린 양로원의 녹슨 철대문, 바닥에 떨어져 뭉개진 홍시…… 그뿐 아니었다. 규와 내가 노을을 향해 나란히 앉은 뒷모습도 있었다. 둘은 타오르는 노을 속으로 금방이라도 뛰어들 것 같은 바람난 남녀로 보였다. 선생은 주제에 맞는 장면을 잡아내는 데 발군의 솜씨를 보였다. 규의 차 유리창에 비친 당신 사진도 있었다. 폰을 든 손을 번쩍 올린 모습이, 건듯 부는 바람에 날아오를 듯 가볍고 자유로워 보였다.

규는 우리 곁을 떠났다. 모두 스물한 가지, 아니 스물두 가지 문제를 가진 코발트빛 애마 씨에로만 그의 분신처럼 우리 곁에 남았다.

선생이 차에서 내리고 난 다음, 규와 단둘이 했던 사흘간의 여행 얘기도 털어놓아야겠다.

차 안에 둘만 남자 우리는 도피 행각을 벌이는 청춘남녀처럼 설레고 들뜬 기분에 사로잡혔다. 일탈! 일생일대의 과업처럼 그것이 우리 앞에 놓여 있었다. 지금까지의 여행과는 전혀 다른 여행이었다. 규는 가속 페달을 세게 밟았고 나는 음악 볼륨을 높였다. 목적지 없이 떠도는 여행이라면, 둘째가라면 서러워할 나였다. 우리는 작은 반도 국민의 특혜를 누리며 서해에서 남해를 돌아 동해까지 하루 만에 갔다. 첫날밤에는 동해와 남해와 서해의 물빛 세 가지를 나란히 놓고 비교할 수 있었다. 그리고 각자 떨어져 살았던 시절 이야기를 하나둘 꺼내놓기 시작했다. 시시콜콜한 이야기까지 주고받으며 사흘째 되던 날, 우리는 중요한 공통점 하나를 발견했다. 서로가 완전히 비어 있다는 사실…… 시간이 맞았던 것이다. 좁은 차 안이 순식간에 둘만의 아늑한 밀실로 변했다.

길고 황홀한 스킨십이었다. 천 번이 넘는 수술을 행한 외과의사의 손길은 남달랐다. 몸 구석구석 부위별 감각과 그것의 강도를 알고 내면의 심리까지 헤아릴 줄 아는 이의 손길이었다. 나는 기꺼이 그의 환자가 되어 수술대 위에 눕고 싶었다. 그의 메스가 내 살을 가르고 몸속의 장기를 통째로 꺼내간다 하더라도 나는 그 손길을 거부할 수 없을 터였다. 마지막 남은 수액, 피 한 방울까지 그의 처분에 따르고 싶었다. 마지막 여행이 되어도 좋아. 그렇게 생각하자 몸이 허공에 붕 뜨기라도 한 듯 기분이 묘해졌다. 지그시 눈을 감은 채 나는 모든 걸 그의 손에 내맡겼다. 세심한 손길에 감각이 일제히 깨어났다.

급기야 내 몸의 털끝 하나까지 녹아내리는 느낌이었다. 황홀경의 순간, 우리는 뜻밖의 현실과 맞닥뜨렸다. 내가 앉은 의자가 결정적으로 침대로의 변신을 거부했던 것이다. 등받이는 일정한 각도 이상을 넘어가지 않았다. 순간적으로 나는 손을 뻗어 차 문 손잡이를 그러잡았다. 뒷자리로 옮겨가기 위해서였다. 하지만 문은 꿈쩍도 하지 않았다. 내 손이 손잡이에서 힘없이 떨어져나왔고 규는 땀으로 반짝이는 얼굴을 들었다. 완강한 내 좌석 등받이를 보며 그는 우리의 인연이 어디까지라는 걸 확인한 것 같았다.

"시간만 맞아서도 안 되는구나."

흥분이 가라앉는 목소리로 그가 중얼거렸다.

새롭게 드러난 차의 문제에 또 하나의 애틋한 기억을 더한 채 우리의 향연은 마무리되었다.

갈림길을 앞두고 규는 차를 세웠다. 운전석에서 내린 그는 손수 차 문을 열어주었다. 나는 황홀했던 그의 의전용 차에서 내려섰다. 우주선을 타고 떠돌다 지구의 메마르고 단단한 땅 위에 발을 내려놓은 기분이었다.

"덕분에 행복한 여행이었어."

그의 말이 너무도 비현실적으로 들려 나는 내 발밑을 내려다보았다. 내가 딛고 선 바닥을 확인하고 고개를 들었을 때 그는 이미 운전석에 올라 있었다. 전봇대처럼 버티고 서서 나는 다시 여행을 떠나는 규의 모습을 바라보았다. 그가 탄 씨에로는 소실점으로 변해가더니 도로 맨 끝에서 푸른 하늘과 만났다.

달팽이를 길러야 할 때

길은 외출에서 돌아왔다. 거실 창가에 놓인 수조에 제일 먼저 눈길이 갔다. 어른 머리만한 와인 잔 모양의 수조였다. 물을 잘박하게 붓고 싹이 난 고구마를 놓아두었더니 일주일 만에 줄기와 연초록 잎이 생겨났다. 그 속에 달팽이 두 마리를 넣어두었다. 껍질에 까만 점이 나 있는 '쩜'이란 놈과 쩜보다 크고 살집이 많은 '복'이라는 놈이었다. 수조에는 복만 있었다. 쩜은 보이지 않았다. 고구마 이파리 뒤에 붙어 있나 해서 낱낱이 잎을 들춰보지만 없다. 번번이 이렇다. 쩜이란 놈은 도무지 한곳에 붙어 있질 못했다. 친환경 맞춤 보금자리나 다름없는 수조는 거의 복 혼자 차지였다. 쩜은 수조 입구 주둥이에 달라붙어 있거나 수조를 훌쩍 벗어나 창틀 아래쪽 벽에 붙어 있기도 했다. 수조를 중심으로 반경 일 미터를 벗어나지 못하면서도 놈은 늘 가출 중이었다.

수조 주위의 벽을 낱낱이 훑고 바닥 구석구석까지 살피지만 쩜은 보이지 않는다. 드디어 반경 일 미터 한계선을 넘어선 모양이다. 놈이 수조를 벗어나는 건 죽음을 무릅쓴 일이다. 이 메마른 아파트 실내는 그 자체가 달팽이에겐 천적일 터였다. 산 것이란 으레 죽음의 반대편을 향하게 마련이건만, 자연의 섭리를 거스르며 놈은 주야장천 수조를 벗어날 궁리만 했다. 창턱과 창틀 주변을 훑고 고구마 뒤쪽을 살펴보고 다시 한번 이파리를 들춰보지만 놈은 없다. 만일 거실장 밑이나 책장 뒤쪽으로 기어들어갔다면 두 손 들 수밖에 없다. 달팽이 한 마리 때문에 온 집 안을 들쑤셔놓을 수는 없지 않나.

놈들의 출현은 유월의 첫 휴일, 이웃에 사는 후배 부부가 다녀가고 난 다음에 있었다. 신혼인 후배 내외는 텃밭에서 손수 기른 야채를 한아름 안고 와 현관 신발장 위에 놓고 갔다. 한나절이나 방치되어 있던 그것을 길은 늦저녁에야 싱크대로 옮겼다. 다음날, 겉부분이 약간 시들해진 엽채를 들추다 그는 멈칫했다. 포기 상추에 달팽이 두 마리가 붙어 있었던 것이다. 놈들 역시 갑작스런 노출에 놀랐는지 유백색 속살을 서서히 오므렸다. 길게 뻗어 있던 촉수가 사라졌고 끈끈한 점액질 몸이 껍질 속으로 스르르 숨어들었다. 상추 잎에 들러붙은 달팽이는 야외 풀섶에서 우연히 맞닥뜨린 달팽이와는 달랐다. 식용 상추를 앞에 두고 있으니 달팽이나 그 자신이나 똑같은 포식자 입장이었던 것이다. 포식자들끼리의 경쟁 심리에 근거한 희미한 적대감이 스쳤다. 길은 달팽이처럼 몸을 감출 수 있는 단단한 외피가 자신에겐 없다는 사실이 아쉬웠다. 아쉬움은 결핍으로, 결핍은 상대적 박탈감을 가져왔다. 그런 자신을 깨닫고 나니 길은 내심 머쓱하고 무안하기도 하여 숨어들 외피가 더 절실해졌다.

달팽이는 여린 속살을 껍질 안으로 완전히 감췄다. 길은 어느 생물학자의 말을 기억해냈다. 이런 여린 생명체들이 잎을 갉아먹는 것은 결코 녹록지 않은 일입니다. 이파리 표면이 매끄러운 왁스 층으로 덮여 있어 잎을 갉아먹다가 입을 다치기도 해요. 잎들이 따가운 햇볕에 노출되어 있는 것도 먹기 힘든 조건입니다. 먹다가 탈진하기도 하니까요. 그래서 이들은 생존전략상 촉촉하고 부드러운 식물을 좋아하거나, 밤에 주로 먹고 낮에는 그늘진 곳에서 죽은 듯 웅크리고 있죠.

맨 처음 길은 달팽이를 아파트 화단에 던져버릴 생각이었다. 베란다로 가던 중 고구마가 담긴 수조에 우연히 눈길이 갔고 그것에 발목 잡힌 것이다. 고구마 뿌리에서 길게 솟아오른 줄기와 그 끝에 드리운 넓은 초록 이파리가 파라솔처럼 보였다. 그 광경을 못 봤다면 놈들과의 관계는 베란다 난간에서 끝났을 것이다. 동물이라고 하기에는 존재감이 미미하고 분명 식물은 아니지만 그것들과 떼려야 뗄 수 없는 관계를 맺고 사는, 동물과 식물의 경계에 어렴풋이 걸쳐 있는 존재, 그것이 달팽이였다. 놈들은 적어도 집 안에서 그림자를 끌고 다니며 집주인인 그를 놀라게 하는 일 따위는 하지 않을 것 같았다. 그것이 아파트 화단 대신 놈들이 고구마 수조에 자리잡게 된 이유였다.

길은 애완동물을 좋아하지 않았다. 더욱이 집 안에 들여놓을 생각은 손톱만큼도 없었다. 그는 집 안에 자신 말고 살아 움직이는 다른 뭔가가 있다는 사실을 상상하기 어려웠다. 아니 견딜 수 없었다. 원래부터 그랬던 건 아니다. 정확히 말해 삼 년 전부터였다. zz와 오르페가 함께 떠난 후부터……

그동안 혼자 지내오면서 냉혈한 취급당하는 질문도 여러 번 받았다.

—어떻게 고양이나 개도 안 키우면서 혼자 살아요?

그로서는 개나 고양이 같은 애완 혹은 반려동물을 독거 생활의 필수적 존재로 연결시키는 게 더 이상했다.

—개나 고양이와 동거할 바에야 차라리 사람이 낫죠. 털도 안 날리고.

하룻밤 침대를 나눠 쓴 여자에게도 그렇게 말했던 기억이 났다. 그 말이 어떻게 접수되었는지 몰라도—그 말 때문이 아닐 수도 있지만—여자는 더 이상 연락해오지 않았다. 만취 상태로 얽혀 하룻밤을 보낸 남녀의 결말로는 나쁘지 않다고 생각했다. 다음날 잠에서 깨어났을 때 길은 자신 앞에 펼쳐진 낯선 광경이 적잖이 당혹스러웠다. 반라의 여자가 집 안 구석구석을 헤집고 다니고 있었던 것이다. 특히나 여자가 냉장고 문을 열고 그 안을 들여다볼 때는 치부를 들킨 것처럼 온몸이 화끈거렸다. 당장 여자를 내쫓고 현관문을 닫아버리거나 아니면 냉장고 속으로 밀어넣고 싶었다. 하지만 그는 정작 이불에서 나오지도 못했다. 당혹감은 열패감으로 변해갔다. 집 안 구석구석을 살피고 다니며 하품을 빼물던 여자가 스스로 체념하고 사라질 때까지 길은 달팽이처럼 이불 속에 죽은 듯 파묻혀 있었다. 전날 밤 홍대 앞 어느 와인바 화장실 앞에서 취한 여자와 맞닥뜨린 일, 바 스탠드에 나란히 앉아 술잔을 부딪친 일, 둘 중 누구였는지 높은 의자에서 바닥으로 스르르 내려앉던 일, 와인 잔이 쓰러지고 흘러내린 와인이 하얀 블라우스 소매를 적시던 일……까지만 생각났다. 그 뒤로 끊겨버린 필름은 아무리 생각을 쥐어짜도 재생되지 않았다. 삼 년 만에 나타난 zz의 환영 같기도 했다. 여자의 옆모습은 zz를 너무도 빼닮았다. 그래서 단번에 혹했을 것이다. 낯가림 심한 길이 한눈에 낯선 여자에게 사로잡힌다는 건 아무리 취기가 등을 떠밀었다 해도 쉽지 않은 일이었다. 지난 몇 년간 길은 단 한 번도 집에 사람을 들이지 않았다. 타인의 체취와 온기가 침대에서 불러일으키는 밑도 끝도 없는 외로움에 시달리고 싶지 않아서였다.

zz가 길의 집에 첫발을 들여놓은 건 크리스마스 바로 다음날이었다. 유효기간을 갓 넘긴 산타의 선물처럼 그녀는 등장했다. 그리고 다음해 제야의 종소리가 울리기 직전에 떠났다. 371일간의 한집살이였다. 사는 동안 그녀는 '같이 살면서 지켜야 할 열한 가지' 중 어느 하나도 어기지 않은, 산타의 선물답게 성실하고 모범적인 동거녀였다. 길은 그러지 못했다. 열한 가지 가운데 어기지 않은 게 하나도 없었다. 가장 결정적인 건 첫 조항을 어긴 사실이었다. 첫눈 오던 날 유학 간 옛 여자 친구와 인사동 입구에서 우연히 마주치지만 않았어도, 인사 2길 골목 끝에 있는 민속주점에서 그녀의 외로운 유학 생활을 전해 듣지만 않았어도, 그녀가 취한 몸을 그에게 기대오지만 않았어도, 아니 무엇보다 그 순간 첫눈이 모든 허물을 덮어줄 것처럼 풍요롭게 쏟아지지만 않았어도, zz와 같이 살면서 지켜야 할 '1항'만큼은 어기지 않았을 것이다.

zz는 올 때 끌고 왔던, 산타의 유니폼을 떠올리게 하는 빨간 여행용 가방을 현관 앞에 세워두었다. 그리고 전날 말끔하게 목욕시킨 검은 고양이 오르페를 안았다.

—이 녀석은 내가 키울게. 아무래도 내가 돌보는 게 나을

것 같아서.

간절하게 쳐다보는 zz의 눈길을 길은 외면할 수 없었다. 거절할 마땅한 명분도 떠오르지 않았다. 그녀 품에 안긴 오르페는 zz를 따르겠다는 듯 야옹거리더니 붉은 혀로 그녀의 손등을 핥기 시작했다. 교활한 암고양이 같으니라고. 길이 몇 년간 애지중지 길러왔던 고양이였다. 그새 꼬리를 바꿔 흔드는 배은망덕한 놈을 보고 있자니 zz의 고결함이 더 돋보였다. 마지막 선물로 집을 통째로 양보한대도 아깝지 않을 만큼 zz가 보여준 생활 태도는 감동스러웠다. 나쁜 년. 길은 속엣말로 중얼거렸다. zz를 제대로 쳐다볼 면목도 없고 붙잡을 용기 같은 건 더더욱 나지 않는 자신에게 지난 일 년간 동거인이자 연인이었던 그녀는 정말 '나쁜 년'이었다. 돌아서는 이의 뒷모습이 그토록 빛나 보인다는 건 남겨진 이에겐 돌이킬 수 없는 상처이자 포기하기 어려운 미련이었으며 그 자체만으로 엄청난 가학이었다. zz는 암고양이 오르페와 함께 현관문을 나섰다.

냐아옹— 냐. 닫히는 현관문이 오르페의 울음을 잘라먹었다. 잘려진 울음처럼 놈의 몸이 뎅강 반 토막 났으면 싶었다. '탁' 소리를 끝으로 집 안은 단번에 고요의 늪으로 가라앉았다. 두 식구가 빠져나간 열여덟 평짜리 아파트는 광활한 사막으로 변했다. 한동안 황사 바람만 윙윙 불었다. 그때부터 길은 고양이 털 알레르기가 생겼다. 골목길에서 휙 달아나는 도둑고양이 꼬리만 봐도 목이 간질거렸다.

길은 발등을 스쳐가는 어떤 움직임에 놀라 뒷걸음질했다. 거실 창밖으로 날아가는 새의 그림자였다. 나무들 그림자가 바닥에 비쳐 어른거리는 걸 볼 때도 길은 곧잘 놀랐다. 심지어는 자신의 그림자에 놀라기도 했다. 이런 증상도 그때부터 시작된 게 분명하다고 생각했다. zz가 오르페를 안고 떠나던 날부터……

복은 고구마 옆구리에 난 구멍에 몸을 깊숙이 묻은 채였다. 놈이 파먹고 들어가 깊숙하게 구멍이 나면서 하얀 고구마 속살이 동굴 벽을 이루었다. 수조 여기저기에 놈의 배설물이 내갈겨져 있다. 놈이 먹은 하얀 고구마 속살은 하얗게 똥으로 나왔다. 한껏 배를 채우고 난 복은 고개를 들고 주위를 기웃거렸다. 갈색 줄무늬 두 줄이 길게 나 있는 몸과 촉수를 쫑긋 세우고 머리를 치켜든 모습은 영락없는 사슴 두상이었다. 고고하면서도 도도해 보였다. 면도날 위를 기어올라도 상처 하나 나지 않는, 연체동물 특유의 부드러움과 맑고 단아한 자태를 가진 놈을 길은 물끄러미 바라보았다. 복은 촉수를 바짝 치켜세우고 몸을 길게 늘였다 오므렸다 하며 조금씩 앞으로 옮겨갔다. 뼈도 핏줄도 없는 몸이 무슨 힘으로 움직여나가는지 신기할 따름이었다. 유연하면서도 힘 있게, 잔잔한 파도가 밀려들 듯 조금씩 몸을 밀어내며 놈은 앞으로 이동했다. 수조 안 공기는 녀석의 몸짓에 미세하게 일렁이고, 놈이 옮겨가는 자리마다 점액질 분비물이 묻어나며 길을 이루었다. 마침내 복은 고구마 끝 부분에 닿았다. 놈이 고구마 이쪽에서 저쪽 끝에 가 닿는 동안 창으로 들어온 빛은 마루 끝으로 조금씩 밀려났다. 놈의 등에 업혀 느릿느릿 옮겨가기라도 한 것처럼……

복이란 놈은 확실히 쩜과는 달랐다. 수조를 벗어나는 일이 없었다. 고구마 뿌리에 들러붙어 있거나 이따금 줄기를 타고 올라가 이파리 위에 붙어 있거나 하면서 수조 속 행동반경에 만족하며 살아가고 있었다. 기특한 놈이었다. 길은 흐뭇한 시선으로 복을 바라보았다. 촉수를 바짝 세운 복이 고개를 쳐들면서 마침 그의 시선과 마주쳤다. 길은 속내를 들킨 듯 움찔하며 자신의 시선을 거두었다.

길은 자신이 외출복도 벗지 않았다는 사실을 깨달았다. 면접에서 돌아오는 길이었다. 얼마나 오랜만에 입은 양복이었던지 집을 나설 때부터 갑옷이라도 걸친 듯 답답하고 부자연스러웠다. 정장 차림을 한다는 건 사회 적응도를 몸으로 먼저 테스트해보는 절차 같았다.

—내년에 개국하는 케이블 티브이래요.

텃밭 야채를 건네주던 후배가 귀띔해준 취업 정보였다.

'ENG카메라 경력 오 년 이상.' 공중파 방송 외주제작업체에서 오 년간 일한 경력이 있는 길이 자신 있게 지원할 수 있는 분야였다. 열대밀림에서 원시부족 다큐멘터리를 찍던 중 배가 전복되는 바람에 ENG카메라와 필름을 완전히 날린 적이 있었다. 사고 소식을 접한 담당 피디는 국제전화로 필름 상태부터 물었다. 직업의식이 남달랐다. 길 역시 자신이 물에 빠져 죽을 뻔했던 일보다 손상된 필름에 더 가슴이 아팠다. 사고 이후 그는 한동안 카메라를 멜 수 없었다. 어깨가 심하게 떨려 촬영이 불가능했다. 그 일을 끝으로 길은 사직했다. 실업과 함께 시작한 일 년의 칩거 생활은 그에게 안식년이나 다름없었다. 천직이라고 생각했던 카메라맨 일만큼이나 실업 생활도 적성에 맞았다. 바닥을 향해 가는 통장 잔고가 위협해 오지만 않았어도 길은 천직과도 같은 실업 생활을 계속했을 것이다. 하지만 일 년 만에 일자리를 다시 구해야 할 이유는 명확해졌다. 후배의 권유대로 길은 입사지원서와 이력서를 넣었다. 1차 서류전형에 통과하고 면접을 보러 나섰다. 회사 건물을 찾지 못해 한참이나 헤매 다니는 바람에 반 시간 늦게 면접 장소에 도착했다.

—제갈길 씨, 왜 늦었죠?

반들머리 면접관이 안경을 추켜올리며 늦은 이유부터 따져 물었다.

—다, 달팽이 때문에요.

당황한 나머지 둘러댄 핑계였다. 왜 그 말이 튀어나왔는지 길 스스로도 납득할 수 없었다.

면접관은 뜻밖의 대답에 솔깃해하더니 그때부터 화제는 달팽이로 옮겨갔다. 그는 달팽이의 섭생과 기르는 방법에 대해 시시콜콜한 것까지 관심을 보였다. 달팽이 연구소 연구원을 채용하기 위한 면접 자리 같았다. 면접관의 질문을 받으면서 길은 그동안 자신이 달팽이들에게 얼마나 무심하고 소홀했는지 깨달았다. 놈들에 대한 미안함은 뉘우침으로, 뉘우침은 애정으로 변했다. 그러고 나니 세상에서 달팽이 기르는 일만큼 중요한 건 없어 보였다. 일자리를 구하는 건 그다음 순서 같았다. 길은 면접이 끝나자 서둘러 집으로 돌아왔다.

길은 양복저고리를 벗었다. 넥타이를 끄르자 숨통이 티는 것 같았다. 그새 와이셔츠 목깃에는 엷은 회색 테두리가 둘러져 있었다. 반나절 외출의 흔적이었다. 양복저고리를 옷걸이에 걸려고 하는데 뒷자락에 묻은 얼룩 자국이 눈에 띄었다. 자세히 보니 얼룩이 아니라 쩜이었다. 놈은 길의 저고리 뒷자락에 붙어 있었던 것이다. 대체 언제 그리로 옮겨갔는지 알 수 없었다. 돌아와 놈을 찾던 중이었는지 아니면 집을 나설 때부터였는지…… 어쩌면 놈은 면접관의 질문 앞에서 쩔쩔매던 자신의 일거수일투족을 보고 있었는지도 모른다. 그런 생각을 하자 영 기분이 찜찜했다. 길은 감청색 양복저고리에 붙은 쩜을 떼어냈다. 놈은 엷은 점액질 얼룩을 양복에 남기며 길의 손에 선선히 떨어져나왔다. 껍질이 바싹 말라 있었다. 길은 쩜을 촉촉한 수조에 서둘러 집어넣었다.

***

길은 다시 출근하게 되었다. 면접 봤던 새 직장이 아니라 사표 냈던 예전 직장으로……

—그만큼 쉬었으면 이제 카메라 들 수 있지 않겠어.

P피디는 길과 다시 일하기를 원했다. 단둘이 가진 술자리에서 P는 같이 일하는 스태프들에 대한 불만을 끝도 없이 늘어놓았다. 사람의 안전보다 필름을 더 챙기는 P피디를 향한 스태프들의 시선이 고울 리 없었다. 길은 그런 P를 잘 이해하는 흔치 않은 카메라맨이었다. 길은 P의 직업의식을 누구보다 높이 산다고 말했다.

—사람보다 필름을 우선시하는 거, 그거 직업의식 아냐. 엄밀히 말해 그건 순리이자 정의의 문제라고. 사람과 필름, 둘 중 어떤 게 약자겠어.

P의 생각에 따르면 인간이란 어떤 상황에서든 살아남을 수 있는, 지구상에서 가장 지능적이고 악착같은 생명체였다. 이

해를 돕기 위해 P는 자일리톨 껌 종이 뒤편에 모나미 볼펜으로 뭔가를 그리기 시작했다. 먹이사슬 논리로 생명체의 힘의 역학관계를 보여주는 피라미드 그림이었다. 그는 맨 위쪽 꼭짓점을 콕콕 눌렀다. 바로 그 꼭대기를 차지하고 있는 것이 인간이었다. 무소불위, 부동의 1위 서열이었다. P가 그린 피라미드를 골똘히 들여다보며 길은 달팽이는 어디쯤 위치할까 생각했다. 맨 밑바닥 선, 그중에서도 볼펜 똥이 묻은 모서리 자리일 것만 같았다.

길은 P가 땅콩 파편을 튀겨가며 늘어놓는 궤변에 가까운 정의의 논리에 절로 고개가 끄덕여졌다. 열대밀림의 황토 강에서 살아남은 자신의 체험이 너무도 잘 뒷받침해주었다. 배가 뒤집히기 전 그는 일 억 원짜리 ENG카메라를 물에 던져버리고 간신히 살아날 수 있었지만 필름과 카메라는 결국 끝장났다.

일 년 만에 카메라를 다시 멨을 때 길의 어깨는 언제 그런 일이 있었냐는 듯 멀쩡했다. 그 이유가 자신이 그동안 달팽이를 돌본 덕분이 아닐까, 하는 생각이 불현듯 뇌리를 스쳤다. 뜬금없는 생각이 확신으로 자리잡는 건 순간이었다.

—제갈길 씨, 당신을 합격시키지 않은 이유는…… 달팽이 때문이었어.

반들머리 면접관이 말했다. 다시 출근하게 된 회사 복도에서 우연히 그와 마주쳤을 때였다.

—당신은 집에서 달팽이를 더 돌봐야 할 것 같았거든. 달팽이를 위해서도 당신 자신을 위해서도 말이야.

뜬구름 같은 말을 남긴 면접관은 드라이아이스처럼 사라졌다. 면접관의 출현은 실감이 잘 나지 않았으나 그가 남긴 말은 갈수록 피부에 와 닿았다. 달팽이를 기르면서 확실히 몸과 마음도 같이 길러진 것 같았다.

다시 출근하게 되면서 길은 달팽이를 제대로 보살피기 어려웠다. 예전처럼 집에서 잠만 자고 나가는 생활이 반복된 것이다. 수조를 살펴볼 여유가 생긴 건 정신없는 한 주가 지나고 첫 휴일을 맞으면서였다. 일주일 만에 들여다본 수조는 몰라보게 변해 있었다. 고구마 줄기는 수조를 훌쩍 넘어 자랐고 이파리도 무성해졌다. 살림살이가 잔뜩 늘어난 집 같았다. 달팽이 배설물 때문인지 수조 속에는 눈에 보일락 말락 한 기생물들이 생겨났다. 생명체 간에 미세한 네트워크가 이루어지면서 작은 생태계가 만들어지고 있었던 것이다. 복은 수조 속에서 여전히 잘 살아가고 있었으나 쩜은 보이지 않았다. 그동안 신경쓰지 못했으니 쩜이 바깥을 떠돈 지 일주일은 되었을 터였다. 일주일 내내 건조한 실내에서 제대로 먹지도 못했다면 결과야 뻔한 것 아닌가. 아마도 쩜은 집 안 한쪽 구석에 말라 죽어 있을 것 같았다. 지금껏 자연의 질서를 거스르며 살았으니 놈의 종말도 일찍부터 점쳐진 셈이었다. 죽어도 싸지. 그 또한 자연스런 결과물 아니겠는가. 그런 생각이 들자 서운함이 한결 누그러들었다.

그로부터 한 달 뒤, 햇반을 데우려던 길은 전자레인지 옆에 붙은 쩜을 발견했다. 껍질이 바싹 마른 게 죽은 것처럼 보였다. 놈을 떼어내자 나무의 삭정이 떨어져나오듯 메마른 소리가 났다. 딱. 그건 살아 있는 것이 내는 소리라고 할 수 없었다. 그럼에도 일말의 기대를 품고 길은 놈을 수조 속에 집어넣었다. 물기 있는 바닥에 떨어진 놈은 아무런 움직임도 없었다.

다음날, 죽은 줄 알았던 쩜은 버젓이 살아 움직였다. 촉촉해진 껍질은 색이 짙었고 살도 여전히 윤기가 흘렀다. 한 달이나 불모지를 헤매 다닌 놈이 어떻게 멀쩡하게 살아 있는지 신기했다. 집 안 곳곳은 건조한데다 놈의 먹이가 될 만한 것도 없었다. 주인인 그도 잠만 자고 나가는 생활인지라 싱크대나 가스레인지 주변은 화기는 물론 물기마저 사라진 지 오래였다. 놈의 생존에 얽힌 궁금증은 도무지 풀리지 않았지만 출근길의 그는 더 생각할 여유도 없었다. 모처럼 가벼운 걸음으로 집을 나섰다. 놈이 살아 있다는 사실이 그렇게 뿌듯하고 기쁠 수 없었다. 엘리베이터에서 내렸을 때는 휘파람이 절로 흘러나왔다.

—종군기자 기분 한번 내볼 텐가?

뜬금없이 P피디가 분쟁 지역 취재 건을 길에게 제안했다. 한동안 잠잠하던 중동의 대표적인 분쟁 지역인 A에 다시 전운이 감돌고 있었던 것이다. 길은 분쟁 지역 전문 기자와 둘이서 취재길에 올랐다. 격전지였던 곳만 골라 찾아갔으나 전쟁 중인지 의심스러울 정도였다. 도시 농촌 할 것 없이 가는 곳마다 이상하게도 조용하고 평화로웠다. 전시하 사람들의 일상이 문명 이전처럼 한갓지고 평온해 보였다. 사람들은 그날그날 먹고사는 걱정만 하면 되었다.

—아이스크림 사먹으러 나왔어요.

어린 딸과 아버지는 이웃 동네에서 폭탄이 터지는 걸 보면서 아이스크림 가게로 왔다고 했다. 멀리서 들리는 총과 대포 소리를 그들은 천둥소리 정도로 여기는 것 같았다.

—맛있는 아이스크림 먹을 수 있어서 정말 좋아요. 집으로 가는 길은 신께서 지켜주실 거예요.

아버지와 딸은 아이스크림을 먹으며 왔던 길을 되돌아갔다.

전쟁의 공포와 불안은 취재진이나 먼 나라 시청자들이 안방에서 상상하고 기대하는 극적 환상 같은 것이었다. 전쟁도 일상화되니 여느 일상과 다를 게 하나도 없었다. 카메라의 무게를 느끼며 길은 전쟁 그림을 어떻게 만들어야 할지 막막했다. 분쟁 지역 전문 기자, 특히 촬영기자인 자신이 진실로 원하는 것은 전쟁이지 평화가 아니었다. 그것도 프레임 속에서 진저리나도록 끔찍한 전쟁.

—걱정 마. 우린 세 치 혀로 벌어먹는 직업이잖아.

가방끈 길이는 물론 먹물 함량이 촬영기자보다 월등히 많은 취재기자는 역시 달랐다. 그는 정교하고 세련된 멘트로 현지인들의 일상에서 더 섬뜩하고 기막힌 전쟁의 비극을 표현해냈다. 잉크 냄새와 더 친숙한 이들은 어떤 상황이든 자신이 필요로 하는 것을 순발력 있게 이끌어낼 줄 알았다. 조작이 실제보다 더 그럴듯했다.

숨막히는 취재 경쟁은 물론, 취업 걱정도 입시지옥도 찾아볼 수 없는 그곳이 길에겐 오히려 살 만한 곳으로 보였다. 말로만 듣던 종군기자 기분 좀 느껴보려 했던 애초의 기대와는 달리 길은 휴가 여행 다녀오는 기분이었다. 진짜 전쟁터 분위기는 인천공항에 내리면서 났다. 짐과 장비 때문에 택시기사와 한참 실랑이를 해야 했다. 도심의 교통체증도 만만치 않더니 급기야 접촉사고까지 있었다. 전장에 평화가 있더니 평화가 있어야 할 곳은 온통 지뢰밭이었다.

두 주 동안 비어 있던 집 안으로 들어서자 주인을 반기듯 퀴퀴한 냄새가 와락 덤벼들었다. 빈집의 흔적이 여기저기 널려 있었다. 수조는 폐허로 변했다. 무성하던 고구마 이파리는 한 해 농사를 끝내고 갈아엎은 밭처럼 보였다. 고구마 뿌리는 줄기와 잎의 영양분이 되고 달팽이 먹이가 되면서 제 몸을 완전히 소진한 것이다. 복도 보이지 않았다. 늘 수조에만 머물던 놈이 처음으로 수조를 벗어난 것이다. 먹이를 찾아 떠난 게 분명했다.

식탁에 놓인 빵은 온통 곰팡이가 슬어 있었다. 후배가 직접 오븐에서 구워 갖다준 것들이었다. 표면에 솜털 같은 하얀 곰팡이가 슬어 있고 군데군데 암녹색 곰팡이가 피었다. 후배가 만들어준 빵은 금세 곰팡이가 슬었다. 유기농 재료라 그래요. 여자 후배가 설명해주었다. 맞벌이인데도 그녀는 텃밭까지 가꾸며 집안일을 완벽하게 해냈다. 이웃으로 살지 않았더라면 결코 알지 못했을 면모였다. 학교 시절엔 '댄싱 퀸'으로 불릴 정도로 홍대 앞 클럽을 쿠폰까지 찍어가며 드나들던, 노는 일에 누구보다 열정적이고 바지런했던 후배였다.

길은 물을 마시기 위해 냉장고를 열었다. 꽁꽁 닫혀 있던 저장고는 때 놓친 식재료로 그득했다. 긴 출장 뒤라 더했다. 먹다 남은 우유는 유효기간이 열흘이나 지나 있고 피자치즈에는 곰팡이가 녹색 융단의 결처럼 피어나 있었다. 야채 칸은 더 가관이었다. 잡초 무성한 텃밭이었다. 뿌리채소들은 식용의 단계를 벗어나 제멋대로 자라나 있었다. 두 주의 시간이 고스란히 쌓여 있는 폐기물 저장고를 들여다보던 그는 곰팡이 가루라도 날릴세라 조심 조심 냉장고 문을 닫았다.

길은 심란한 마음으로 소파에 누웠다. 피로는 이내 잠을 몰고 왔다. 황홀한 꿈이 그를 맞았다. 검은 베일에 싸인 무슬림 여자가 그에게 유혹의 손짓을 해왔다. 카메라도 필름 가방도 팽개치고 여인을 향해 달려갔다. 여자는 손에 잡힐 듯 말 듯 그의 애를 태웠다. 간신히 그는 여자의 검은 모슬린 옷자락을 붙잡았다. 부드럽고 매끈하고 차가운 천의 감촉이 손끝에 닿는가 싶더니 이내 옷이 흘러내렸다. 여자는 순식간에 전라의 몸이 되었다. 유백색 살결을 가진, 왼쪽 가슴 아래쪽에 쥐눈이콩만한 갈색 점이 나 있는 여자…… zz였다. 떠나간 이래 집 안에서 한 번도 완전히 걷힌 적 없던 그녀의 그늘을 그는 잘 알고 있다. 길은 zz의 발아래 납작 엎드렸다. 깊은 뉘우침과 함께 그녀를 영원히 놓치지 않겠다는 뜻이었다. 고개를 들었을 때 zz는 모래가 되어 흘러내렸다. 질마재 신화의 신부, 바로 그 모습이었다. 길은 흘러내린 모래 더미 곁에 혼자 남았다. 애틋하고 가슴 아픈 꿈이었다. zz가 나오던 장면만 여러 차례 되돌려 그려보면서 소파에서 뭉그적대다가 그는 자리에서 일어났다. 청소를 하기로 했다. 빈집의 잔재를 말끔히 몰아내고 싶었다.

수조부터 비우기로 했다. 주먹만했던 고구마 한 덩이가 삼 개월 만에 사라져간 수조 안은 사그라진 풀과 배설물 썩는 냄새가 코를 찔렀다. 그것들을 변기에 쏟아버린 다음 수조를 비눗물로 깨끗이 씻었다. 쩜과 복의 집은 그렇게 사라졌다. 놈들이 다시 나타나면 그때는 새집을 만들어주어야 했다. 완전히 새롭게 시작할 보금자리로. 놈들은 느닷없이 나타날 것이다. 쩜이란 놈이 지금껏 그래왔던 것처럼…… 떠돌이 생활에 익숙한 쩜이란 놈은 쉽게 살아남을 것 같았지만 복은 확신이 서지 않았다. 지금껏 수조에서만 살아왔던 복이 낯선 환경에 제대로 적응할 수 있을지 의문이었다. 상황이 바뀌니 걱정의 대상도 쩜에서 복으로 넘어갔다. 하지만 그의 우려와 추측 또한 보란 듯 빗나갔다.

수조를 없앤 지 열흘 뒤, 두 놈 중 복이 먼저 발견되었다. 놈은 렌지후드 옆에 붙어 있었다. 점액질로 봉해진 껍질 입구가 접착제 역할을 하듯 벽면에 말라붙어 있었다. 껍질도 메마른 채였다. '띡' 소리를 내며 복은 떨어져나왔다. 그는 복을 위해 수조를 꺼내 새로운 보금자리를 만들었다. 유기농 배춧잎을 넣어주고 맑은 물을 촉촉이 뿌려놓은 다음 복을 그 위에 떨어뜨려놓았다. 역시나 복은 기대를 저버리지 않았다. 다음날 봤더니 이전처럼 살아 움직이고 있었다. 여기저기 배설물을 잔뜩 갈겨놓은 채 놈은 열심히 배춧잎을 먹어댔다. 초록이파리를 먹은 놈의 똥은 초록색을 띠었다. 쩜과 달리 복은 확실히 바깥보다 수조 생활이 더 맞아 보였다.

하지만 그런 생각도 곧 뒤집어졌다. 나흘째 되던 날, 놈은 꼼짝도 하지 않았다. 이리저리 건드려보아도 아무런 낌새가 없었다. 돌아온 복은 수조 생활 나흘 만에 죽었다. 바깥의 낯선 환경에서도 잘 살아남았던 놈이 익숙하고 편한 보금자리인 수조에서 죽어버리다니…… 길은 당혹스러웠다. 여기저기 어지럽게 갈겨놓은 놈의 초록색 똥을 보고 있자니 폭식이 원인인 것 같았다. 하지만 추측일 뿐이다. 지금껏 자신의 예측이 들어맞은 적이 한 번도 없었다. 길은 수조 속의 비극을 들여다보며 무기력한 휴일 오후를 보냈다.

—오르페를 위해서였어, 길. 당신을 떠날 수밖에 없었던 건.

광화문 세종대왕 동상 앞에서 우연히 마주친 zz가 이순신 동상 쪽으로 걸음을 옮겨놓으며 말했다.

—당신은 언젠가부터 털 알레르기가 생겼고 오르페랑 사는 게 힘들어졌지. 그러니 어쩌겠어. 당신이 그렇게 아끼던 오르페를 내가 데리고 떠날 수밖에. 오르페와 당신, 둘 다를 위하는 길이 그것밖에 없었으니까. 다행히 지금 같이 살고 있는 하우스메이트는 고양이 털 알레르기가 없어. 우린 셋이서 별문제 없이 잘살고 있다고.

zz가 떠난 이유가 그제야 밝혀졌다. 자신이 어겼던 '1항' 때문이 아니었다. 이순신 장군이 짚고 선 칼로 뒷덜미를 한 대 얻어맞은 느낌이었다. 얼떨떨해하며 고개를 들어보니 그의 눈앞에 있는 건 이순신 장군이 아니라 세종대왕이었다. zz를 이순신 동상 앞에서 만났는지 세종 동상 앞에서 만났는지도 어슴푸레했다. 어떤 동상이 먼저 세워졌는지, 장군과 성군 중 누가 먼저 살다갔는지도 헛갈렸다. 장군과 성군을 앞뒤로 나란히 세워놓은 발상 자체가 무성의하고 부조리해 보였다. 길은 자신에게 털 알레르기가 생겼던 시기도 헛갈렸다. zz가 떠나기 전이었는지 후였는지. zz에게 묻고 싶었지만 이미 그녀는 사라지고 없었다. 반드시 물었어야 할 질문도 하지 못했다. 고양이 털 알레르기가 없다는 그녀의 하우스메이트가 남자인지 여자인지……

그는 텅 빈 수조를 들여다보았다. 무성하던 고구마 이파리와 그 속에서 잘살아가던 복, 호시탐탐 달아날 궁리만 하던 쩜의 모습이 그려졌다. 자신이 만든 수조가 놈들에게 최적의 환경일 거라는 생각은 착각에 지나지 않았다. 쩜과 복은 그의 생각, 그의 시선과는 아무 상관없이 살아가고 있었던 것이다. 길은 온종일 수조를 들여다보며 달팽이 눈높이에 맞추려고 애썼다. 자신의 조각상과 똑같은 보조로 움직인다는 천재 조각가 자코메티를 흉내낸 것이다. 한나절 내내 수조를 들여다보고 났더니 예술가 경지에 들어선 듯 시선이 놀랍도록 섬세하고 예리해졌다. 집 안 곳곳에 달팽이 먹이가 널려 있는 게 보였다. 이를테면 집주인인 그의 살비듬이나 재채기 때 튀어나온 침, 그의 눈에서 떨어져나온 눈곱, 거미줄에 붙어 있다 떨어진 파리의 한쪽 날개, 진드기 사체, 작년 설날 그가 먹다 떨어뜨린 깨강정 부스러기 같은 것들…… 지금까지 보이지 않던 것들이 길의 눈에 낱낱이 잡혔다. 달팽이 먹이가 온 집 안에 널려 있었다. 그러니까 쩜과 복은 그에 의해 길러진 게 아니었고 당연히 그는 놈들의 보호자가 아니었다. 길은 유리 수조 하나만큼도 안 되는 자신의 빈약한 상상력과 맞닥뜨리자 한숨이 나왔다.

길은 수조를 다시 없앴다.

***

후배 내외는 이사를 간다고 했다. 길이 복을 잃고 상심에 빠져 있을 때였다.

—전세 계약 기간이 끝났거든요.

이 년. 그들의 신혼도 일단락되는 셈이었다. 기대고 있던 한쪽 담벼락이 사라지듯 길은 휑한 상실감에 사로잡혔다.

—작별 선물이에요, 선배.

후배 내외는 오븐에서 갓 구운 빵을 길에게 한아름 안겨주었다. 졸업식 날 꽃다발 안겨주듯. 빵에서 풍기는 냄새가 꽃다발 향기를 닮았다. 슬픈 향기였다. 빵 냄새는 길에게 더 이상은 그런 즐거움을 기대할 수 없다는 현실을 일깨웠다. 그는 빵 모둠 선물을 식탁 위에 펼쳐놓았다. 그냥 먹어치울 수 없어 한동안 눈요기나 할 요량으로 식탁에 디스플레이 해놓았다. 빵은 일주일도 안 되어 곰팡이가 피기 시작했다. 작은 식빵 덩어리에 하얀 솜털 같은 곰팡이가 피는가 싶더니 녹색 곰팡이가 큰 점 작은 점으로 생기다가 땡땡이 무늬처럼 번졌다. 생명력을 과시하듯 빵은 다투어 곰팡이 꽃을 피웠다. 바게트나 베이글에 핀 곰팡이와 파이나 패스트리, 카스텔라에 핀 곰팡이의 모양과 색상이 각각 달랐다. 그들의 선물은 투명 비닐 봉지 속에서 나날이 풍성하고 다채로워졌다.

길은 냉장고를 열었다. 야채 칸은 웃자란 풀들 세상이었다. 그것 역시 후배들이 챙겨다준 것들이었다. 양파는 줄기가 뻗어 나와 대파 뿌리처럼 변해 있고 반 통짜리 양배추는 고갱이 부분이 자라 둥글게 부풀어올랐다. 홍당무도 머리 부분에 연초록 싹을 오글오글 틔운 채였다. 그것들은 냉장고 야채 칸에서 맘껏 자라고 있었다. 그중 쓸 만한 것을 골라 물컵에 담아 창가에 나란히 세워놓았다. 양파와 싹 튼 감자와 주황색 당근은 창가 자리로 옮겨 앉으면서 볼 만한 관상식물로 변했다. 건조하던 아파트 실내가 다채롭고 산뜻해졌다. zz가 머물던 날들처럼……

어느 날, 길은 책꽂이에서 책을 찾다 쩜을 발견했다. 놈은 곰브리치의 『서양미술사』 하권 뒤쪽 벽면에 붙어 있었다. 마지막으로 놈을 본 지 삼 개월 만이었다. 쩜은 바싹 마른 몸으로 벽에 달라붙어 있었다. 이번엔 정말 죽은 게 아닐까 싶었다. 하지만 알 수 없다. 죽은 줄 알았던 놈은 매번 살아 있었다. 길은 이전처럼 쩜을 떼어내 물기 있는 곳에 떨어뜨려주는 일 따윈 하지 않았다. 놈은 긴 겨울잠을 자고 있는지도 몰랐다. 그는 곰브리치 하권을 조심조심 다시 꽂아두었다.

길의 예상이 이번엔 빗나가지 않았다. 얼마 뒤 집 안 곳곳에서 변화의 조짐이 보였다. 녹두알처럼 생긴 뭔가가 벽면 여기저기 붙어 있었다. 처음엔 얼룩인 줄 알았으나 자세히 보니 새끼 달팽이들이었다. 놈들은 창가에 놓인 관상용 식물 근처에서 보이기도 하고 전자레인지나 싱크대 옆에서 발견되기도 했다. 쩜의 후손들이었다. 쩜은 보이지 않는 곳에 건재해 있었다. 늘어나는 쩜 2세들과 함께 집 안은 생기를 띠어갔다.

오후만 있던 어느 일요일, 길은 집을 나서 이사 간 후배네를 찾았다. 이전처럼 그 집의 온기와 빵 냄새가 그리워서라기보다는 새롭게 생겨나고 있는 식구를 자랑하고 싶었다.

—어, 웬일이야, 선배. 연락도 없이.

현관문을 열어주던 남자 후배는 웬일인지 떨떠름한 인상이었다. 그들 집에 감도는 공기가 이전과는 달랐다. 분위기가 영 냉랭했다. 구수하고 향긋한 빵 냄새, 원두커피의 깊고 그윽한 향내 같은 건 나지 않았다. 후배 내외는 그를 반기는 기색은커녕 들어오라는 말도 없었다. 신혼 유효기간이 지나서 그런가, 아니면 자신이 어느새 불청객이 되어버렸나, 갈피를 잡지 못하며 길은 마루로 어물쩍 발을 들여놓았다. 어색한 실내 공기를 가르며 길은 주방 식탁 앞으로 걸어갔다. 반찬통과 김칫국물 얼룩을 피해 그는 손에 들고 간 투명 플라스틱 통을 보란 듯 식탁 위에 올려놓았다.

—선물.

길이 짧게 한마디 했다.

후배 내외는 식탁 쪽을 한번 흘끗거렸을 뿐 별다른 관심을 보이지 않았다.

—별건 아냐.

길이 한마디 더 덧붙이며 주의를 환기하자 머리를 긁적이고 있던 남자 후배가 쭈뼛거리며 식탁 앞으로 다가섰다. 여자 후배는 마지못한 듯 그 뒤를 따랐다.

—어머, 달팽이잖아.

눈썰미 있는 여자 후배가 먼저 그것을 알아보았다.

쩜의 후손들이었다.

—작년에 당신들이 내게 선물했던 거라고. 이자까지 쳐서 갚는 거야.

길은 후배 내외가 텃밭 수확물을 나눠주러 왔던 지난해 유월의 휴일을 상기시키며 자신의 선물을 생색냈다.

—아, 오빠가 서툰 호미질에 손 베던 날.

여자 후배가 먼저 그날을 기억해냈다.

—베짱이 땜에 호미질 열라 힘들었던 날이었지.

남자 후배도 그날 일을 떠올렸다.

그날 있었던 일이 두 사람의 입을 통해 시시콜콜 흘러나왔다. 호미에 벤 손을 호박꽃잎으로 감쌌던 것하며, 약수터에서 어느 등산객한테서 대일밴드 하나를 얻었던 일, 주인 잃고 떠돌던 강아지를 주인에게 찾아준 일, 바질이랑 고추 모종 구하러 종묘 상회를 네 군데나 들렀던 일, 가게 앞에서 만 원짜리 지폐 한 장을 주웠던 일까지 흘러나왔다. 그들의 얘기를 들으며 길은 휴일 하루 동안 어떻게 그토록 많은 일이 일어날 수 있는지 놀라웠다. 그날 자신이 했던 일이라곤 후배 내외가 던져주고 간 푸성귀 한 단을 현관에서 싱크대로 옮겨놓은 게 다였다.

—만 원짜리 그거, 가게 앞에서가 아니라 주차장에서 주운 거였어.

—아니지, 가게 앞에서 주운 걸 주차장 가서 펼쳐봤던 거 아냐.

둘은 돈 주운 장소를 놓고 또 티격태격했다.

—그렇게 기억력이 젬병이니까, 시아버지 제사를 깜빡했지.

—그럼 오빠는 그 비상한 기억력으로 어떻게 삼수까지 했어?

—너 일학년 이학기 때 낙제할 뻔했던 거 내가 구제해준 거 기억 안 나?

둘은 다시 한판 붙을 기세였다.

길은 둘의 싸움을 말리지 않았다. 적막강산보다야 다툼 소리에 들썩이는 집 안 분위기가 더 낫다고 생각했다. 그는 zz와 사는 동안 말다툼 한번 해본 적 없었다는 사실을 떠올렸다. 토닥거리며 쌓이는 미운 정이 사랑하는 이들 사이에는 면역체 역할을 하는 것이 아닐까, 그것이 남녀가 오래 같이 살아남도록 만드는 힘이 아닐까, 라는 별 근거 없는 생각을 떠올려보다가 길은 마침내 자신들이 다투지 않아서 헤어지게 된 거라는 얼토당토않은 결론을 도출해냈다.

후배네 집을 나서며 길은 자신의 선물이 시의적절하다고 생각했다. 자신과 마찬가지로 후배 내외도 이젠 달팽이를 기를 때가 된 거라고…… 그동안의 빚을 완전히 탕감한 듯 홀가분했다.

아파트 단지는 줄지어 선 아름드리나무들이 자연스럽게 구획을 이루며 길을 만들어냈다. 유월의 햇살과 바람이 나무의 싱그러운 새순들을 교란시키고 있었다. 길은 하늘거리는 투명한 연둣빛 이파리에 현기증이 났다. 잠시 걸음을 멈추고 심

호흡을 크게 해야 했다. 그런 다음 길은 새끼 달팽이들이 복닥거리고 있을 자신의 집으로 걸음을 재촉했다.

쇼핑 좋아하세요?

늦은 밤, 한산한 도로 위를 차들이 거침없이 내달리고 있다. 지영은 마트로 가는 중이다. 밤 외출이 절실해지는 때가 올 것이라는 사실을 예견한 듯, 지영이 이사 온 후 마트 영업시간은 차츰 연장되었다. 처음 열한시까지 하던 게 한 달 뒤에 자정으로 늦춰지더니 석 달 뒤에는 새벽 두시로 늘어났다. 내후년이면 편의점처럼 24시간 영업을 하게 될지도 모를 일이다. 이 대형 용광로 같은 소비 도시는 수요만 있다면 하루를 25시간으로 늘여 공급할 수도 있을 것이다. 문 닫은 상점들이 늘어선 어둑한 보도를 걷고 있으니 백 미터 앞쪽에 있는 지하도 입구가 등대처럼 보였다. 거리의 불빛이란 불빛이 모조리 그 속으로 빨려들어가 모여 있는 것 같다. 그 지하도로 다시 백여

미터를 가면 천 대의 자동차를 주차할 수 있는 공용 주차장이 나오고 지하도 한쪽에 전철역과 대형 마트 매장으로 연결되는 통로가 있다.

지하도 계단을 내려서자 탁한 공기가 몰려왔다. 하수구 냄새와 어우러진 음습한 바닥의 곰팡내, 미세먼지, 자동차 배기가스, 타이어 고무 등 온갖 오염 물질이 뒤섞인 냄새다. 이런 지하도 공기에 지영은 별 거부감이 없었다. 직장 생활의 영향일 수 있었다. 그녀는 일류 호텔 마케팅부에서 일했다. 칠백여 개의 객실과 옥상에 수영장까지 갖춘 한강 조망권의 초특급 호텔이었다. 호텔 구조가 으레 그렇듯 사무실은 지하층에 있었다. 십 년을 하루 여덟 시간 이상 지하에서 보낸 셈이었다. 초현대식 건물 지하는 자연 채광만 없을 뿐 지상층과 크게 차이가 나는 환경도 아니었다. 적절한 조도를 가진 조명은 차분하게 일에 집중할 수 있도록 했으며 온갖 첨단 기술 시스템으로 근무 환경도 쾌적했다. 급여는 물론 사원들 복지까지 따져볼 때 여러모로 괜찮은 직장이었다. 가끔 직원들에게 할당된 패키지 상품을 팔아야 하는 고달픔만 뺀다면. 아니, 한 가지 더 있다. 엉덩이는 지하 사무실에 붙이고 있으면서 눈은 스카이라운지에 머물게 마련인 호텔리어들의 고질적인 직업병, 그것도 뺀다면……

대기업 회장 부인이 경영하던 호텔이었다. 세계 각국의 유명 호텔과 고급 리조트에 머물면서 명품 백화점과 갤러리, 미술품 경매장, 그랑 크뤼급 와인만 취급하는 와인숍을 수시로 오가며 특화된 소비를 즐기는 일이 일상인 재벌가 사람들에게 패션 사업이나 고급 리조트, 호텔 경영은 그들의 관심사와 적성에 맞는 일이었다. 호텔 오너인 그녀는 객실 내 욕실에 비치된 타월의 감촉에서부터 벽에 걸린 그림 한 점까지, 숱한 경험과 빼어난 안목으로 세세한 의견을 내놓을 수 있는 전문가였다. 하지만 그녀는 남편의 기업이 도산하면서 자기 소유의 호텔마저 외국 기업에 매각당하는 불운을 겪었다. 까마득히 높은 곳에 있는 분의 불행은 지하층에서 일하는 직원들 삶까지 뒤흔들어놓았다. 지영의 십 년 호텔리어 생활은 막을 내릴 수밖에 없었다. 안타까웠던 건 회장 부인이 왜 폭군이자 바람둥이였던 남편과 일찍 이혼하지 않았을까, 하는 점이었다. 부자 남편을 둔 여자들의 맹점은 의외로 많았다.

전철에서 내린 사람들이 지하 주차장 출구로 쏟아져나오고 있다. 도심과 연결된 마지막 전철역인 이곳에 내린 사람들은 공영 주차장에 세워둔 자신의 자동차로 갈아타고 집으로 향한다. 도심 지하철로의 마지막 전철역과 그 위에 올라선 마트 건물, 그리고 지하 주차장에서 지상으로 이어지는 도로를 떠올려보면 그곳은 척추동물의 어느 관절 부위를 연상시켰다. 뼈와 연골과 근육으로 이루어져 체액의 순환과 근육 운동이

동시에 일어나는 관절 부위 말이다.

마트 매장으로 연결되는 에스컬레이터를 내려서자 거대한 로봇 같은 주차 발권기가 제일 먼저 눈에 들어온다. 그 옆으로 놓인 기다란 탁자 위에 경품 응모권 수거함이 있다. 오늘도 수많은 쇼핑객이 기대를 품고 넣은 응모권이 두 개의 투명 플라스틱 함에 빼곡하다. 지영은 자신이 지금껏 한 번도 그 응모권을 써본 일이 없다는 사실을 떠올렸다. 세상의 숱한 일 가운데 한 번도 해보지 않은 일이 어디 그뿐일까. 국경일 태극기도 내거는 사람만 걸고, 심야 라디오 방송 엽서도 보내본 사람만 보내고, 가로수에서 떨어진 은행알도 줍는 사람만 줍고, 로또 복권도 사는 사람만 산다.

"어서 오십시오, 손님!"

매장 직원의 활기찬 인사와 함께 입구에 면해 있는 과일 코너가 눈에 들어온다. 알록달록 다채로운 빛깔과 싱그러운 향기가 온몸을 감싸온다. 심신이 깨어나는 느낌이다. 코너별 위치와 상품의 진열 순서와 동선 방향까지, 매장 내 모든 것은 소비 심리를 부추기기 위해 치밀하게 계산된 것이라는 사실쯤이야 이제는 시식 코너 음식에 맛들인 아이도 아는 상식이 되어버렸다. 이 시간대의 쇼핑객이라야 뻔하다. 다른 사람의 카트와 얽히고 싶지 않거나 시식 코너의 기름 냄새에 방해받지 않고 여유롭고 쾌적하게 쇼핑하고 싶은 사람, 또는 늦은 귀갓길의 직장인이나 학생들이다. 그들은 귀가 도중 전철에서 갑자기 걸려온 엄마나 아내의 전화를 받고 장볼 때 빠뜨린 물건을 사기 위해 들르곤 했다. 그날 마지막 전철의 승객이기 일쑤인 그들은 피로에 지친 기색으로 이곳을 찾지만, 상품의 거대한 저장고인 이곳으로 발을 들여놓게 되면 표정부터 달라진다. 그들의 몸과 마음은 반사적으로 풍요로운 물질세계에 동화된다. 먹을거리로 가득 찬 냉장고를 들여다볼 때처럼 피로가 말끔히 가시는 듯한 청량감과 만족을 느끼는 것이다.

지영은 공산품 진열대로 구획된 통로를 지난다. 조경이 잘된 숲 사이로 난 반듯한 산책로를 걷는 기분이다. 카트 바퀴를 굴려가면서 이 속을 걷는다는 건 도시에서 살아가는 이들에겐 분명 일상의 작은 위안이자 축복이다. 결핍이란 단어 따윈 끼어들 여지가 없는 압도적인 풍요, 그것을 온몸으로 실감할 수 있다.

오늘 하루 이 공기를 가르고 지나다닌 사람들은 얼마나 될까. 그들의 카트에 실려 나간 물건은 또 얼마나 될까. 진열대는 그런 상상이 무색하도록 상품들로 빼곡하다. 주먹 하나 비집고 들 틈이 없다. 이렇듯 견고해 보이는 여유와 안정감 또한 이곳을 거니는 즐거움이다.

매장은 오늘따라 유난히 한산했다. 과일 코너 한쪽에 있는 사람을 발견했을 때 지영의 걸음은 반사적으로 그들 쪽으로 향했다. 늦은 시간 함께 장보러 나선 어린 아들과 엄마였다. 그들은 더미를 이루고 있는 방울토마토 판매대 앞에 서서 토마토를 골라 담고 있었다. 남매를 둔 부부로 이루어진, 이상적인 네 식구 가정을 떠올리게 하는 이들이었다. 두 모자의 다정한 작업을 바라보던 지영은 뜻밖의 광경에 멈칫했다. 그들은 방울토마토를 꼼꼼하게 선별해 담는 정도에 그치는 게 아니었다. 녹색 꼭지를 일일이 떼어내고 알맹이만 비닐봉지에 담고 있었다. 빠르고 익숙한 손놀림으로 떼어낸 토마토 꼭지는 판매대 모서리에 어른 주먹만큼 쌓여 있었다. 꼭지 무게를 제하려는 속셈이었다. 여자는 몰상식해 보이지도 않았고 궁색한 차림도 아니었다. 새싹 같은 어린 자식과 함께라는 것, 손놀림이 너무도 자연스럽고 태연하다는 것이 여자의 얌체짓을 더더욱 도드라져 보이게 했다. 근근이 살아가는 영세민 가정의 주부로 이해해주기에는 여자의 행색이 너무도 번듯했다. 은밀하게 지켜보던 지영의 시선이 어린 아들의 눈과 마주쳤다. 초등학교 이삼학년쯤 되었을까. 녀석의 맑고 검은 눈동자는 당당함을 넘어 저돌적이었다. 얼굴에는 어린애답지 않은 웃음이 느물거렸다. '너라고 우리랑 다른 줄 알아?' 녀석의 쏘아보는 눈빛이 그렇게 말했다. 지영은 화끈 얼굴이 달아올랐다. 도망치듯 그곳을 벗어났다.

* * *

그녀는 수입 식재료 코너에서 올리브유를 살펴보고 있었다. 스페인 발렌시아 지방의 알코이 올리브유가 눈에 띄더니 그 옆에는 이탈리아 토스카나와 움브리아산도 있었다. 반가움보다 놀라움이 앞섰다. 백화점도 아니고 수입 전문 식료품점도 아닌 이 대형 마트에서 이런 제품들과 맞닥뜨리게 되다니. 엑스트라 버진 등급에 산도 낮은 제품이다. 맛과 향이 풍부한 이런 고급 올리브유는 그대로 먹는 게 좋다. 발사믹 식초와 섞어 빵에 찍어 먹으면 올리브 오일의 순수한 맛과 영양을 고스란히 누릴 수 있다. 그녀는 신맛이 나는 토스카나산은 제쳐두고 스페인의 알코이와 이탈리아의 움브리아, 둘 사이에서 어떤 걸 고를지 고민했다.

이 년 전, 스페인 여행 때가 떠올랐다. 지중해와 접해 있는 남동부 발렌시아 지방은 365일 중에서도 300일 이상 태양이 눈부시게 내리쬐는 곳이었다. 그 찬란한 빛을 받으며 올리브 나무 숲이 끝 간 데 없이 펼쳐져 있었다. 거대한 올리브 나무 농장과 포도원을 둘러본 다음 일행들과 유적지로 향했다. 대성당 종탑이 보이는 이층 레스토랑에서 점심 식사를 했다. 자리가 여의치 않아 일행들과는 따로 앉은 그녀에게 주방장이 다가와 유난히 살갑게 굴며 요리에 관해 자세한 설명을 들려주었다. 그중에서도 올리브에 관한 이야기가 특히 많았다. 젊은 주방장은 자신이 '올리브오일 테스터' 자격증까지 갖고 있다고 자랑했다. 360여 종의 올리브 나무 열매에서 추출한 다양한 올리브유의 맛을 시음해 평가하고, 그것들과 잘 어울리는 재료를 찾아 요리하는 것이 그의 주된 관심사라고 덧붙였다. 그것이 식당 홍보를 위해서가 아니라 검은 머리 동양 여자의 마음을 사로잡기 위한 주방장의 개인적 '작업'이었음은 나중에 깨닫게 되었다. 계산을 마치고 그곳을 나오기 직전, 젊은 주방장은 자신의 연락처가 적힌 메모지를 그녀에게 은밀히 건네주었던 것이다. 열정적 눈빛의 젊은 스페인 주방장의 매력에 끌리긴 했지만 그녀는 더 이상의 욕심을 내진 않았다. 직업의식 때문이 아니라 왠지 그 지방을 다시 찾게 될 것 같지 않아서였다. 눈부신 지중해의 태양이 이상하게도 불편했다. 뙤약볕에 바랜 토양은 건조하고 척박해 보였고 현기증이 나도록 희었다. 그와 사랑에 빠지더라도 그녀는 그 고장에서 삼 개월 이상을 버텨내기는 힘들 것 같았다.

알코이 올리브유를 집어들어 바구니에 담으면서 그녀는 그곳을 그리워하는 자신을 발견했다. 한번쯤 안부 메일을 보내 그 남자와 연결 고리라도 만들어놓을 걸 그랬나……? 부질없는 상상에 그녀는 싱거운 웃음을 지었다. 남자는 그 레스토랑을 떠났을지도 몰랐다. 아니면 결혼을 했거나…… 한창때의 젊은 남자에게 이 년이란 세월은 충분히 변신 가능한 시간이다.

꿩 대신 닭이라고 생각하며 그녀는 그때 같이 여행했던 사람들과 조만간 모임을 한번 가져야겠다고 마음먹었다. 모처럼의 만남을 그들도 반길 것이다. 그들 역시 그녀를 만나면 서울 시청 앞이 산마르코 광장 같고, 종로 뒷골목이 베니스 골목길처럼 느껴지고, 한강이 센 강처럼 보인다고 했다. 이번에는 그들과 함께 스페인의 알코이 분위기를 만끽하게 될 것이다. 명동 성당 근처에 있는 스페인 식당에서 만나면 될 것 같았다. 성당의 종소리를 들으며 스페인 음식을 먹으면 발렌시아의 그 레스토랑 분위기와 맛을 충분히 느낄 수 있을 테지. 올리브유 드레싱을 듬뿍 뿌린 상큼한 샐러드를 떠올리며 그녀는 침을 꿀꺽 삼켰다. 엑스트라 버진의 향과 맛이 혀끝에 감돌았다. 그녀는 알코이산 외에도 움브리아산과 신맛이 나는 토스카나산 올리브유까지 장바구니에 쓸어 담았다.

* * *

지영은 비닐 쇼핑백에서 꺼낸 물건을 하나씩 식탁 위에 올려놓았다. '투 컵 두부'가 제일 먼저 나왔다. 바구니 주인이 '나홀로족'인 게 분명했다. 두부 한 모가 반으로 나뉘어 담겨진

이 포장용 두부를 처음 발견했을 때 지영은 감탄을 금치 못했다. 독거인 식습관을 날카롭게 파악한 점도 그랬지만 '투 컵' 이라는 포장 방식 자체가 적적한 삶에 위안을 주는 것 같았다. 반쪽짜리 두부가 개별 포장된 물속에 잠겨 서로 마주하고 있는 걸 보고 있으면 왠지 그런 생각이 들었다.

보르도산 와인과 카망베르 치즈, 폴리페놀이 함유된 카카오 칠십 퍼센트의 다크 초콜릿, 지중해 지역의 검은 올리브가 세트 메뉴처럼 따라 나온다. 나머지는 다 과일이다. 포도는 캠벨, 사과는 아오리, 귤은 하우스 감귤…… 하나같이 친환경 인증 마크가 붙어 있다. 지난번 장바구니의 주인이 맞아 보인다. 깐깐하고 섬세한 미각을 지닌, 남들과 차별화된 소비 취향을 고집할 수 있을 정도의 경제력을 갖춘 삼십대 전문직 여자. 마지막으로 커피, 이것이 결정적 단서다. 커피 열 잔을 만들 수 있는 칠십 그램짜리 커피콩을 택하는 마트 이용자는 흔치 않다. 원두 종류도 지난번 것과 같다. 예가체프 G1. 볶은 지 일주일밖에 안 된 신선한 원두를, 그것도 희귀종에 속하는 원두를 마트에서 발견한다는 건 흔치 않은 행운이다. 지난번에도 이 커피 때문에 선뜻 택했던 바구니였다. 과일의 상큼한 신맛과 단맛의 향미를 가진 것으로, 생두 표면이 연해 로스팅이 유난히 까다로운 원두였다. 균일한 열로 볶지 않으면 자칫 쓴맛이 강하게 나는 게 이 원두의 특징이었다. 커피 전문점이나 호텔 공급용이던 커피가 어느새 마트 판로를 뚫은 모양이다. 한때의 직업 덕에 그녀도 식음료에 관한 한 적지 않은 정보와 나름의 미각을 갖고 있다.

마지막에는 엉뚱하게도 오버나이트 생리대가 나왔다. 내용물을 주의 깊게 보지 않아 가끔 이런 실수를 했다. 그렇더라도 계산대에서 발견하곤 했건만, 이번에는 계산 도중에도 정신이 완전히 나가 있었던 모양이다. 주의력 부족 탓이다. 그만큼 몸이 안팎으로 낡아가고 있다는 증거다. 생리 주기도 불규칙해졌고 양도 많이 줄었다. 이런 오버나이트용은 앞으로도 영영 쓸 일이 없어 보였다. 지영은 우연히 발견한 옛 애인의 편지나 사진처럼 그걸 들고 잠시 망설였다. 행주나 걸레 대용으로 쓸까 하다가 결국 휴지통에 던져넣었다.

지영은 식탁에서 몸을 일으켰다. 집 안 깊숙이 밴 구수하고 누릿한 동물 뼈 냄새에 그녀의 코가 새삼 예민하게 반응했다. 그 역겨움은 냉장고 속의 흰 우유를 보는 순간 절정에 달했다. 지난번 장바구니는 노부모에 어린애까지 딸린 가정의 것으로 보였다. 그때는 무슨 마음으로 그걸 선뜻 집어들었는지 이해가 가지 않았다. 꽃샘추위가 불러일으킨 향수였을까. 겨울 끝자락, 봄이 오는 길목에 들어설 무렵이면 할아버지는 연례행사처럼 자전거를 타고 우시장을 찾았다. 돌아온 할아버지의 자전거 짐칸에는 돌덩이가 든 것 같은 묵직한 종이 포대가 실려 있었고, 거기서 사골과 우족이 쏟아져나왔다. 그것들은 커다란 고무 함지에 담겼다. 아이들은 벽돌색 함지 주변에 쪼그리고 앉아 뼈의 절단면과 그것이 토해놓는 핏물을 신기해하며 들여다보았다. 온종일 핏물 우려낸 뼈를 엄마는 커다란 들통에 담고 바가지로 물을 가득 부었다. 그것은 연탄불 위에서 밤낮없이 고아졌고 삼탕 사탕을 거친 뼛국은 삼대가 둘러앉은 밥상에 한 달 내내 올랐다. 가족 모두가 잔병치레 없이 한 해를 보낼 수 있는 건 할아버지가 장봐온 우족과 사골 덕이라는 말이 그것을 먹는 내내 되풀이되었다. 그 보양식의 효능은 뇌리에 깊이 박혀 탁월한 플라시보 효과를 냈다.

뼈는 손끝에서 비스킷처럼 부스러졌다. 약한 불에 몇 날 며칠 고아지면서 골수와 진액을 모조리 토해놓은 흰 사골은 화산석처럼 송송 구멍이 나 있었다. 뼈까지 녹여낸 국물은 유백색으로 진하고 걸쭉해졌다. 지영은 자신이 골골거리는 뒷방 늙은이라도 된 기분이었다. 더는 참기 어려웠다. 들통에 반쯤 남은 진한 사골 국물을 개수대에 모두 쏟아버렸다. 잠까지 설쳐가며 우려냈던 묽은 젤 상태의 희끄무레한 진액이 뭉글거리며 개수대에 고였다. 그것은 서서히 개수대 구멍 속으로 미끄러져 들어갔다. 감정의 소모는 꼭 물질적 낭비를 낳았다.

창이란 창은 다 열어젖혔다. 실내에 밴 냄새까지 말끔히 없애고 싶었다. 사월의 밤바람이 흠씬 몰려왔다. 봄기운이 묻어

나는, 건조하면서도 훈훈한 바람과 함께 창밖 야경도 따라 들어왔다. 정면으로 보이는 백화점 건물이 유서 깊은 성을 보는 것 같았다. 짙은 그린 계열의 입체 조명이 건물의 중후한 멋을 더 부각시켰다. 낮에는 사선 방향으로 보이는 한강이, 밤에는 고성 같은 백화점 건물이 그녀의 창 전경을 장식했다. 지영이 다녀온 마트는 백화점 바로 옆 건물이었다. 그것은 십 층짜리 백화점의 허리 정도 높이에서 소박하고 친근한 모습으로 서 있었다. 멀리 보이는 한강 다리 조명과 백화점 건물을 비추는 불빛, 그리고 주변 상점들 네온사인까지 어우러지면 전경은 성탄 전야처럼 화려했다. 그 휘황한 빛에 이끌려 그녀는 늦은 밤, 산책 나서듯 마트를 찾곤 했다.

* * *

대형 수조에는 팔뚝만한 크기의 캐나다산 랍스터가 빽빽하게 들어앉아 있었다. 넓적하고 두툼한 집게발을 바닥에 척 붙이고 굵직한 더듬이를 양쪽으로 길게 뻗은, 육중한 갑각류의 느긋한 움직임이 위엄 있어 보였다. 심해 밑바닥에 서식하는 특성상 니카라과에서는 바닷가재를 잡는 어부들이 잠수병으로 목숨을 잃거나 불구가 되는 경우가 많다고 했다.

그녀는 수조 앞에 어린아이처럼 붙어 서서 그 속을 들여다보고 있었다. 이 커다란 수조가 마트의 수산물 매장 한쪽을 차지하던 때를 그녀는 또렷이 기억하고 있다. 그것은 그녀 자신의 일과도 무관하지 않았다. 미국발 금융 위기가 몰아닥치면서였다. 귀족의 음식으로 오래 명성을 누려온 이 랍스터가 미국 내 수요가 줄면서 우리 식탁에 오르기 시작했다. 부자가 하루아침에 빈털터리가 되면서 그 기회가 서민들에게 밀려 내려온 셈이었다.

그녀는 캐나다 쉐디악 해변에서 먹던 랍스터 요리를 떠올렸다. 부드러운 버터와 치즈를 곁들인 랍스터의 고소하고 부드럽게 감겨드는 맛을 잊을 수 없었다. 모래 해변에 부서지는 파도의 하얀 거품을 닮은 맛이었다. 식당 창으로 보이는 풍경과 맛이 우연의 일치처럼 맞아떨어졌다. 그녀는 북미나 북유럽 여행이 적성에 맞았다. 기후부터 마음에 들었다. 춥고 스산한 날씨의 그곳에 내리면 이방인으로서의 설렘과 흥분이 온몸을 엄습해왔다. 일이 아니라 여행을 즐기러 왔다는 착각에 빠질 정도였다. 동남아는 날씨부터 체질에 맞지 않았다. 불쾌지수만큼이나 여행객과 현지인들과의 관계에서 받는 스트레스도 많았다. 앞으로는 기회가 오더라도 동남아 쪽 일은 거절할 생각이었다. 그렇다 하더라도 필리핀 팔라완의 랍스터 사시미의 유혹은 떨치기 어렵다. 열대바다인 만큼 그곳의 랍스터는 빛깔도 화려했다. 야들야들한 육질에서 배어나오는 달작지근하고 상큼한 육즙의 맛이 혀끝에 감돌았다.

"손님, 잠시만요."

흰 가운을 입은 점원이 손님과 함께 그녀 곁으로 다가섰다. 뒤로 물러나며 그녀는 자리를 양보해야 했다. 너무 오래 수조 앞에 붙어 서 있었던 모양이다. 두 사람은 수조 속을 들여다보며 랍스터를 골랐다. 점원이 랍스터 두 마리를 뜰채로 건져 올렸다.

"조리하는 데 이십 분 정도 걸리니까, 그 후에 오시면 됩니다."

주문을 접수한 점원이 말했다. 고객은 알았다는 듯 고개를 끄덕이고는 철제 카트를 밀고 다른 코너로 향했다.

랍스터 두 마리가 빠져나간 수조는 별다른 변화가 없었다. 어느 랍스터 등 위에 다른 놈이 올라탄 채 짝짓기 자세로 있는 것도 그대로였다. 아래에 깔린 놈은 갑각류의 단단한 외피를 바닥에 붙인 채 여전히 수조 바깥쪽을 무심히 내다보고 있었다. 이십 분이면 바뀌는 운명 따위엔 관심 없다는 듯. 경쾌하게 피어오르는 공기 방울 사이로 더듬이의 굼뜬 움직임은 무심함 그 자체였다. 단단해 보이는 저 갈색 껍질은 화사한 주황빛으로 물들고, 반투명의 속살은 탄력 있는 하얀 살로…… 꿀꺽 침이 넘어갔다.

"저기요."

그녀는 멀어져가는 하얀 가운의 점원을 돌려세웠다. 그리고 앞서 고객이 한 것과 똑같은 주문을 그에게 했다. 쉐디악 해변에서 맛보았던 랍스터의 살맛을 이기지 못한 것이다.

* * *

커피가 화근이었다. 덜미를 잡힌 것이다. 꼬리가 길어서가 아니라 짙은 향 때문이었다. 어설프게 매장 내 분쇄기를 이용하다니, 더욱이 이런 시간대에. 원두가 가루로 변하면서 뿜어내는 신선한 커피 향에 취해 분별을 잃은 것이다. 여자도 그 냄새에 이끌려 온 게 분명했다.

"아니, 세상에 이런 파렴치한 여자가 다 있어? 남이 장봐논 걸……"

그녀는 직감적으로 '미지의' 그 여자라는 걸 알아챘다. 음악 애호가들이 연주곡을 들으며 연주자의 성별이나 나이를 알아맞히듯 오롯이 자신의 혀끝에서 만들어졌던 여자. 커피라면 에스프레소처럼 독한 열정을 가진 서른 초반의 싱글, 거기다 잘나가는 직종의 커리어우먼일 거라고 생각했다. 하지만 흥분해서 따지고 드는 여자의 모습에서 상상으로 빚었던 미지의 여자는 오간 데 없었다. 격앙된 하이 톤 목소리부터 그랬다. 비호감형 얼굴은 아니었으나 전문직 여성다운 세련미 같은 건 찾아볼 수 없었다. 중소기업체 여직원 아니면 보험설계사, 그도 아니면 서비스업 종사자처럼 보였다. 커피 향 때문인가. 발각되고 나서도 그녀는 눈앞의 일들이 도무지 현실감 있게 와 닿지 않았다.

"이 일을 어떻게 책임질 거예요?"

여자는 매장 관리 직원에게 먼저 따지고 들었다. 남자 직원은 난처한 표정으로 그녀에게 목소리를 낮춰줄 것을 간곡하게 청했다.

"이 아저씨 좀 봐. 지금 목소리가 문제예요, 도둑맞은 사람한테?"

도발적 표현이 계산대 앞에 줄지어 선 사람들 시선을 일제히 끌어모았다.

"손님, 말씀이 좀 지나치신……"

남자 직원이 조심스럽게 말했다.

"이게 도둑질이 아니면요? 남이 애써 장봐논 바구니를 슬쩍하는 게 도둑질 아니면 뭐냐고요?"

"그래도 물건값이야 본인이 치르는 거니까……"

"이봐요, 장봐논 물건에는 내 노력과 시간이 들어 있는 거예요. 이 사람은 남의 귀한 시간과 노동력을 훔친 거라고요."

여자의 지적은 적절했다.

일이 쉽게 풀릴 것 같지 않음을 깨달은 남자는 당사자들을 사무실이 있는 비상계단 쪽으로 이끌었다.

"벌써 세번째예요. 처음엔 뭔가 착오가 있었나 보다 했어요. 그런데 이거 완전히 상습적이잖아요."

"손님, 물증도 없이 지난 일까지 덮어씌우시는 건 좀……"

"아저씨, 이 마트 직원 맞아요?"

여자의 말에 남자 직원의 표정도 신랄해졌다. 두 사람의 감정싸움으로 치달을 조짐이었다.

"죄송합니다. 보상해드릴게요."

마침내 지영이 둘 사이에 끼어들었다. 자신의 부주의를 단죄해야 할 필요가 있었다. 그 일에 빠져들어 중독되어버린 자신을 깨닫지 못한 것이다. 처음엔 불가피한 일이었다. 도저히 장볼 시간이 없었다. 긴 실업 생활 끝에 간신히 구한 영어학원 강사로 나가면서였다. 야간 수업에 사무실 관리까지 맡느라 항상 제일 늦게 학원을 나서야 했다. 마지막 전철에서 내려 허겁지겁 달려가면 마트는 문 닫기 직전이었다. 번번이 매장 입구에서 발길을 돌려야 했다. 그날은 라면만 사들고 나오리라 생각하고 매장 안으로 급히 들어섰다. 폐점 오 분을 남겨놓은 시간. 마침 지영의 눈에 보관대에 놓인 바구니 몇 개가 눈에 띄었다. 단순 변심으로 장본 물건을 포기하고 가는 손님도 더러 있어 임자 없는 장바구니려니 생각했다. 지영은 그 가운데 적당한 것 하나를 챙겨 들고 급히 계산대로 향했다.

그 첫번째 바구니에 제대로 낚인 것이다. 야채와 생선류의 신선 식품이 대부분인 그것은 1+1 상품이거나 할인 품목들로 채워져 있었다. 물건값이 예상 외로 적게 나왔다. 요모조모 따지고 산 알뜰 장바구니라는 건 집에 와서 더 절감할 수 있었다. 포기하고 간 장바구니가 아닌 게 분명했다. 식재료가 요리로 변해 식탁에 놓이자 자취생 끼니는 하루아침에 엄마가 차려준 밥상으로 올라섰다. 장바구니 주인에 대한 미안함은 혀끝에서 흔적도 없이 사라져갔다. 첫 성공이 두번째 장바구니를 불렀고, 세번째부터는 익숙해졌고 마침내 그 일을 즐기게 된 것이다.

"어떻게 보상해줄 건데요?"

여자가 눈을 살짝 치켜뜨며 반문했다.

지영은 선뜻 답을 내놓지 못했다. 얼떨결에 내뱉은 말이었다. 장본 물건값을 대신 치러주겠다고 할까, 아니면 여자에게 자신의 요구 조건을 말해보라고 할까, 그래서 만약 터무니없는 요구라도 나온다면…… 생각이 또다시 실타래처럼 엉켰다.

"어떻게 보상해줄 거냐고요?"

여자가 다그치듯 말했다.

"손님, 웬만하면 이 정도 선에서 마무리하시죠."

남자 직원이 목소리를 내리깔며 훙정하는 투로 나왔다.

"우리도 다 생각이 있어서 하는 소립니다."

직원 남자의 말이 묘한 뉘앙스를 띠었다. 그는 장갑을 벗어 종이 박스 위에 툭 집어던졌다. 상대를 압박하는 제스처로 보였다.

"우리, 매장 관리 그렇게 허투루 하지 않아요. 곳곳에 시시티브이 다 설치되어 있고요. 고객 블랙리스트도 있어요."

으름장 놓는 남자 직원의 말이 의외로 먹혀들었다. 여자는 교무실로 불려온 학생처럼 갑자기 다소곳해졌다. 그들 사이에 뭔가 속사정이 있어 보였으나 지영은 감이 잘 잡히지 않았다. 이 여자도 남의 장바구니를 슬쩍한 전력이 있다는 얘긴가.

"손님, 앞으로 또 이런 일이 있으면 그때는 응분의 조처를 취하겠습니다. 오늘은 처음이니, 이분께 사과하고 가셔도 됩니다."

남자가 결론을 정리해 지영에게 일렀다.

얼떨떨해하며 지영은 직원의 말을 그대로 따랐다. 나머지 일은 그들 간의 문제려니 하고 먼저 그곳을 빠져나왔다.

* * *

지영은 빈손으로 매장을 나섰다. 그곳에 더 머물고 싶지 않았다. 퇴근 시간 직후라, 마트 주변 보도도 사람들로 붐볐다. 매장에서처럼 사람들을 피해가며 걸어야 했다. 대로변을 벗어나 이면도로로 접어들면서 숨이 좀 트였다. 사거리 모퉁이에 있는 작은 공원이 눈에 띄었다. 쥐똥나무 울타리가 낮게 둘러 있고 간단한 운동기구와 벤치 두 개가 놓인 작은 휴식처였다. 처음 보는 곳이었다. 지영은 잠시 숨이나 돌리자는 생각에 벤치에 앉았다. 최근 들어 운동기구를 갖춘 이런 작은 공원이 유행처럼 생겨나고 있었다. 운동기구는 비닐 포장도 완전히 벗겨지지 않은 채였다. 공원은 새로 조성된 것 같기도 했고 닳아 반들거리는 나무 벤치를 보면 예전부터 있던 것 같기도 했다. 지영은 지난 일 년간 자신의 동선이 틀에 박힌 듯 일정했음을 떠올렸다. 오늘처럼 해가 있는 시간대에 나와본 것도 퍽이나 오랜만이었다.

쥐똥나무 울타리 사이로 누군가 나타났다. 몸집이 자그마한 백발의 노부부였다. 똑같은 운동복에 똑같은 운동화를 신은 그들은 키도 비슷했고 얼굴마저 닮아 보였다. 부부라기보다는 다정한 오누이 같았다. 그들은 맨 먼저 허리 운동기구에 다가갔다. 원형의 선반에 발을 올려놓고 가운데 손잡이를 잡고 마주서서 일정한 리듬으로 왼쪽, 오른쪽으로 허리를 돌렸다. 슬로모션을 보듯 단조롭고 느린 움직임이었으나 호흡이 잘 맞았다. 그들을 보면서 지영은 뭉근한 불에서 우려내는 사골 국물을 연상했다. 반투명 겔 상태의 진액이 뭉글거리며 개수대 속으로 빠져나가던 장면도 떠올랐다. 혹시 이들이 지난

번 장바구니의 주인은 아닐까……

"원수도 아닌데, 외나무다리에서 만나네요."

난데없는 한마디에 지영은 움찔했다. 돌아다보니 아까 그 여자였다. 장바구니의 주인.

"놀라지 마세요. 피해 보상해달라는 거 아니니까."

여자는 농담처럼 던지고는 양손에 들고 있던 비닐 쇼핑백을 지영의 옆자리에 내려놓았다. 지영의 것이 될 뻔했던 장바구니 물건이 두 개의 비닐 쇼핑백에 담겨 그들 가운데 자리잡았다.

"정일주라고 해요."

여자가 먼저 자기소개를 하며 손을 내밀었다. 지영은 얼떨결에 그녀의 손을 잡았다. 차갑긴 했으나 매끈하고 부드러웠다.

둘은 노부부의 운동하는 모습을 멀거니 바라보며 벤치에 앉아 있었다. 간간이 신상 정보를 주고받으며…… 정일주의 나이는 서른셋, 직업은 프리랜서 티시라고 했다. 티시란, 투어 컨덕터 또는 투어 코디네이터의 줄임말이라는 설명도 따라붙었다. 지금까지 여행한 거리를 다 합하면 지구 오십 바퀴는 돌았을 거라는 것, 그래서 붙은 그녀의 별명이 세계 일주라는 사실까지 알게 되었다. 첫인상과는 달리 정일주는 붙임성 있고 소탈한 성격이었다.

허리 운동을 마친 노부부는 걸음마 떼는 아이처럼 조심조심 운동기구에서 내려왔다. 할머니는 다시 자전거 페달기구로, 할아버지는 철봉대로 천천히 자리를 옮겨갔다. 놀이터에 놀러 나온 아이들 같았다. 그런 그들을 지켜보며 앉아 있자니 지영은 자신이 그들의 보호자라도 된 기분이었다.

"아까는 정말 미안했어요."

지영이 일주에게 다시 한번 사과했다.

"뭐, 뭘요. 잘못은 나한테도 있었는데……"

난처한 목소리로 얼버무리듯 말하더니 일주는 갑자기 자리에서 일어났다.

"우리 집에 가서 같이 저녁 먹을래요? 이것도 인연이라면 인연인데. 마침 장봐논 것도 잔뜩 있고……"

급작스런 제안에 지영은 얼떨떨했다. 그리 내키진 않았음에도 거절의 말은 나오지 않았다. 궁금증이 풀리지 않은데다 포기할 수밖에 없었던 장바구니에 대한 미련과 유혹도 있었다. 두 사람은 마트 로고가 찍힌 비닐 쇼핑백을 하나씩 들고 걷기 시작했다.

"근데, 왜 하필 내 장바구니였어요?"

횡단보도 앞에 선 일주가 불쑥 물었다.

마침 신호등이 녹색으로 바뀌었다. 횡단보도를 건너면서 지영은 일주의 장바구니를 떠올렸다. 익숙한 브랜드의 제품과 취향에 맞는 품목들로 그득한, 가장 친숙했던 바구니였다.

만만찮은 가격을 치러야 했으나 소비하는 내내 즐겁고 행복했던 바구니……

"내가 직접 장본 장바구니 같았거든요."

지영이 말했다. 자신의 황금기였던 호텔리어 시절을 되돌려준, 일종의 환각제 같은 것이었다.

"어쩐지, 나도 꼭 누가 시켜서 장보는 것 같더라니까요."

일주가 웃으며 받아쳤다.

지난 일 년의 일들이 지영의 뇌리에 파노라마처럼 스쳤다. 장바구니를 매개로 한 이웃 순례였다고나 할까. 일주의 것과 인연이 많긴 했으나 거의 매번 지영은 다른 바구니를 택했다. 그로써 식단은 주기적으로 바뀌었다. 그것은 한동안 지영의 일상에서 빼놓을 수 없는 낙이었다. 누군가의 식사에 초대받은 것 같았다. 초대한 사람은 신혼부부거나 단란한 4인 가족 가정이거나 삼대가 한집에 사는 대가족 가정이기도 했다. 때론 쓸쓸한 독거노인의 집일 때도 있었다. 낯선 곳으로의 여행이었다. 초호화 크루즈 여행에서 발품 파는 오지 여행까지 다양한 스펙트럼의 여행…… 그마저 없었다면 메마르고 지루한 일상이었을 것이다.

일주는 지영의 오피스텔 건물 뒤쪽 재개발이 결정 난 동네에 살고 있었다. 옥상에 노란 물탱크가 있는 이층짜리 붉은 벽돌 슬래브 집들로 이루어진 동네였다. 틀에 찍어낸 듯한 집들이 역시 틀에 박힌 듯 구획된 골목을 끼고 들어앉아 있었다. 사람들이 어떻게 자기 집을 찾아가는지 신기할 정도로 그 집이 그 집 같아 보였다. 골목길을 왼쪽으로 한 번 오른쪽으로 두 번, 다시 왼쪽으로 한 번 꺾어 들어간 막다른 골목, 푸른 철 대문 앞에 일주는 멈춰 섰다.

"다 왔어요."

일주가 손으로 가리킨 그녀의 보금자리는 저녁놀이 물들어 가는 하늘을 배경으로 우뚝 솟아 있는 옥탑방이었다. 아이보리색 패널로 지어진 그것은 '언덕 위의 하얀 집'을 연상시켰다.

"직업병인지 높은 곳에 있어야 안정감이 느껴지는 거 있죠."

일주가 말했다.

지금의 오피스텔로 옮겨오기 전, 지영이 살았던 곳도 이렇듯 허공에 둥실 솟아 있었다. 실직 생활 이 년에 가장 끔찍했던 기억이었다. 자신의 보잘것없는 거처가 완전히 노출되어 있다는 사실에, 생활의 불편은 차라리 둘째 문제였다. 어학원 강사 자리를 구하고 지영이 제일 먼저 한 것이 이사할 집을 알아보러 다닌 일이었다.

완만한 S자 곡선의 철계단을 올라 실내로 들어서자 옥탑방 치고는 꽤 넓은 공간이 펼쳐졌다. 방도 거실도 널찍했다. 벽면을 다 차지하고 있는 장식장들로 방 안은 관광지 기념품 가게처럼 화려했다. 칸칸마다 세계 각지에서 사온 기념품들로 그득했다. 베니스의 가면 축제에 나오는 가면들에서부터 아프리카 나무 조각품, 러시아 인형, 에펠탑 모형, 페르시아산 수예품, 작은 열쇠고리에 이르기까지 각 나라, 온갖 재질과 다양한 모양의 기념품들이 모여 있었다. 눈이 부시도록 현란했다.

"한번은 열흘간의 지중해 여행에서 돌아왔는데, 집 안이 온통 빗물에 잠겨 있지 뭐예요. 장마철인데다 지하방이었거든요. 여행 가방을 한쪽에 세워두고 바가지로 밤새도록 물을 퍼내는데, 나중에는 지중해 바닥을 짚고 헤엄치는 기분이더라고요. 그 지긋지긋한 지하 생활 청산하고 이곳으로 온 거예요. 지하에서 옥탑으로 가는 건 정해진 수순이라나."

이야기를 풀어놓으면서도 일주의 손은 분주하게 움직였다. 장본 것들을 냉장고에 정리해 넣고 식탁도 차렸다. 손에 물 한 방울 안 묻히고 금세 근사한 저녁이 마련되었다. 랍스터와 와인이 식탁에 놓였다. 메인 메뉴 하나만으로도 격조 있고 풍성한 상차림이었다.

"근사한 파티 상이네요."

지영이 감탄 어린 목소리로 말했다.

"살림 거덜 낼 취향 같죠?"

코르크 마개를 돌려 따며 일주가 말했다. 칠레 와인의 간판격이라 할 수 있는 몬테스 중에서도 알파였다. 일주는 몬테스

알파 M을 맛본 경험까지 덧붙였다. 그럼에도 술 실력은 젬병이었다. 와인 몇 모금에 얼굴이 로제 와인빛을 띠었다.

"이 랍스터가요, 한때 미국에서는 하층민들 음식이었대요. 가난한 사람이나 죄수들이 먹었다더라고요. 하기야 먹는 게 이렇게 번거로우니 부자들이 좋아했겠어요?"

앞다리 살을 조심스레 발라내며 일주가 말했다.

그녀의 뺨과 눈자위는 어느새 로제 와인에서 레드 와인빛으로 옮겨가 있었다. 그 빛깔에서 지영은 오버나이트 생리대를 떠올렸다. 적어도 일주는 그것이 필요한 나이였다. 처음 보는 낯선 사람을 자신의 거처로 스스럼없이 초대할 수 있는 자신감과 솔직함으로 넘치는 나이.

"메뚜기 한철인 건 이 바닥도 마찬가지예요. 학생들도 젊고 예쁜 여선생을 좋아하죠. 서른 중반 넘어서면서 나도 슬슬 눈치가 보이더라고요."

마흔을 넘어선 고참 강사는 위험 부담을 감수한 채 독립해 나갈 수밖에 없는 이유를 털어놓았다. 그녀의 말은 일 년 남짓 경력인 지영의 가슴에 바윗덩이처럼 얹혔다. 동네 어학원에서도 나이와 외모는 경쟁력에 속했다. 그녀 말대로라면 지영도 유효기간 끝자락에 매달려 버둥거리는 하루살이 신세에 지나지 않았다.

"프리랜서 티시, 그거 파도타기 같은 생활이에요. 신나지만

한 번씩 멀미가 나는……"

일주가 두번째 잔을 따르면서 말했다. 각국의 특급 호텔을 두루 다니다 인천공항에 내려 여행 가방 끌고 자취방으로 향할 때면 그걸 부쩍 실감할 수 있다고 했다. 호텔리어였던 지영의 직업병과 비슷한 증상이 일주에게도 있었다. 그녀의 장바구니에서 느낀 친숙함은 그런 증상에서 온 것인지도 몰랐다. 몸은 여행사 건물에 있어도 눈은 삼만 피트 허공을 늘 맴도는 티시의 고질적 직업병. 다른 점이라면 일주는 주거 공간에 대한 애착은 별로 많지 않아 보였다. 지영은 의식주 중에서도 '주'에 유난히 집착했다. 실직 생활 이 년을 제외한다면, 사는 곳만큼은 늘 최고 수준이었다. 도심의 고급 오피스텔에 사느라 호텔리어 시절에도 월급의 절반은 월세와 관리비로 나갔다.

"그 장바구니…… 실은 내 거라고 할 수도 없는 거였어요."

일주가 머쓱해하며 말을 꺼냈다.

"이 바닥도 요즘 불경기거든요. 최근 일 년간 일이 거의 없었어요. 허리띠 졸라매고 살아야 하는데 그놈의 쇼핑 습관을 버릴 수가 있어야죠. 실컷 주워 담고는 카운터 앞에 와서야 번쩍 정신이 들었죠. 번번이 장바구니를 보관대에 올려놓고 돌아설 수밖에 없었어요."

일주는 와인을 홀짝였다.

"누군가 내 장바구니를 필요로 하는 사람이 있다는 걸 알았을 때는 왠지 뿌듯하기도 하고, 어떤 때는 괜스레 심사가 꼬이더라고요. 그래도 결과적으로 잘됐잖아요. 이렇게 새로운 인연도 생기고……"

"그럼, 그 장바구니를 계속 지켜보고 있었단 말인가요?"

지영은 자신이 누군가에게 관찰되고 있었다는 불편한 사실을 떠올리며 물었다.

"항상 그랬던 건 아니고요, 어쩌다 한번…… 하지만 나 역시 감시당하고 있는 줄은 꿈에도 몰랐어요."

마트 매장 남자와 일주 사이에 오가던 신경전에 얽힌 의문도 그제야 풀렸다. 다들 서로 엿보고, 감시하고 또 감시당하고 있었던 것이다. 그런 혐의라면 지영도 자유롭지 못했다. 그럼에도 생색내듯 이렇게 말했다.

"지금껏 나는 일주씨 대리만족 역할을 해온 셈이네요."

* * *

옥상 마당으로 연결해 만들어놓은 테라스 창은 전망이 좋았다. 지영이 사는 오피스텔도 보였다. 재개발 동네에서 바라보니 그것은 마천루처럼 우뚝했다. 자신의 거실에서 바라보던 백화점처럼 높고 튼튼한 성 같았다. 철옹성 같은 외벽, 그 속에서 흘러나오는 불빛도, 자신이 그곳에 몸담고 살고 있다는 사실도 왠지 아득하게 느껴졌다.

학원강사 자리를 구하면서 지영은 그 오피스텔로 옮겨올 수 있었다. 그것도 장바구니의 유혹을 포기할 수 없었던 이유의 하나였다. 처음에는 시간이 없어서였고, 나중에는 돈을 아끼기 위해서였다. 남의 장바구니는 두 가지 다 충족시켜주었다. 유일한 예외가 일주의 것이었다. 그날은 외식하는 셈 쳤다. 화려한 파티에 몸을 맡겼다. 하지만 어떤 파티도 자정을 알리는 괘종 소리, 또는 새벽 첫닭이 어김없이 울게 되어 있다.

—허지영 선생, 우리 학원이 자선단체라도 되는 줄 알아요? 강사들 월급이 하늘에서 뚝 떨어지는 것도 아니고……

에둘러 말하는 원장의 지적에 지영은 심장이 얼어붙는 것 같았다.

—네, 원장님. 하지만 A는 전혀 학원 체질이 아니고, 더 오래 다니면 오히려 우리 학원에 부담이 될 수 있겠다는 생각에……

둘러대면서도 군색하고 허술한 변명이라는 생각을 떨칠 수 없었다. 눈치 없는 어느 학부형 때문에 빚어진 일이었다. 수강생 A는 학원 타입이 아니었다. 혼자 공부하는 게 훨씬 나은 아이였다. A의 엄마가 상담을 청했을 때, 지영은 솔직히 그렇게 조언했고 A는 다음달 수강 신청을 하지 않았다. 원장이 무슨 사정인지 알기 위해 A의 집에 전화를 걸었을 때, A의 엄마가 지영의 말을 곧이곧대로 옮겨버린 것이다.

그 일 이후 지영은 원장과 같은 사무실에 있다는 것 자체가 죄스럽고 숨막히는 일이 되어버렸다. 단단히 각오한 일이었으나 원장은 결정타를 날리진 않았다. 대신 지영의 야간 수업은 없어졌고 수입은 절반으로 줄었다. 잘리지 않은 것만으로도 원장에게 감사해야 할 판이었다. 다른 학원을 알아본다는 건 엄두도 못 낼 일이었다. 아무리 변두리 동네 어학원일지라도 나이 많고 경력 적은 여강사를 반길 곳은 없었다.

"아, 저 멋진 오피스텔에 사시는구나. 그러니까 우린 마주보고 있는 이웃이네요."

일주가 부러워하며 말했다. '마주보고'라는 말에 지영은 어이없게도 투 컵 두부를 떠올렸다.

기분 좋은 취기를 느끼며 지영이 자리에서 일어났을 때는 자정이 가까운 시간이었다. 일주는 와인 서너 잔에 취해 곯아떨어졌다. 주인의 코고는 소리를 뒤로하고 지영은 현관을 나섰다. 상쾌한 바깥공기가 온몸을 부드럽게 감싸왔다. S라인을 이루며 길게 나 있는 계단을 골목의 가로등이 비춰주었다. 오렌지색 조명을 받으며 계단은 부드럽게 땅바닥으로 흘러내리고 있었다. 지영은 연극이 막 끝난 무대에 서 있는 기분이었다.

—언제 한번 놀러갈게요. 집도 구경할 겸.

기대에 부푼 일주의 말이 떠올랐다.

지영은 속사정을 털어놓지 못했다. 열흘 뒤면 오피스텔을 떠나야 한다는 걸…… 그전에 일주를 초대해야 했다. 어떤 장바구니로 식탁을 차릴까? 마지막 만찬이 될 화려한 파티 상을 그려보며 지영은 천천히 계단을 내려갔다.

내 이웃의 안녕

307호, 위층 사람들이 이사를 왔다. 그들이 오면서 새로운 사실이 하나 밝혀졌다. 이전에 살았던 사람은 담배를 피우지 않았다는 것.

빈은 아쉬운 마음으로 지난 이 년간 위층에서 살다 간, 인사 한 번 나누지 않은 이웃에 대해 처음으로 생각해보게 되었다. 어린 딸 하나를 둔 단출한 세 식구 가정이었다. 매일 아침, 출근하는 아빠에게 하는 어린 딸의 작별 인사가 복도 계단을 통해 들려왔다. "아빠, 일찍 드러오세요." 어떤 아빠가 퇴근길에 딴 데로 샐 수 있을까 싶을 정도로 사랑스럽고 앙증맞은 목소리였다. 평일 아침 여덟시 십분, 빈에게는 그 귀여운 멘트가 기상 알람이었다. 그들 일가족과 딱 한 번 마주친 적이 있었다. 빌라 단지 내 미용실에서였다. 새 학기를 맞아 빈이 머리를 스포츠형으로 깔끔하게 자르던 날이었다. 값을 치르는데 그들 부부가 딸아이 손을 잡고 나란히 미용실로 들어섰다. 베란다 창으로, 차에서 내리던 그들을 몇 번 본 적이 있는지라 307호 가족을 금세 알아보았다. 여자는 작달막한 키에 가무잡잡한 피부, 날렵한 입매를 가진 야무진 인상이었고 남자는 짙은 눈썹과 넓은 이마를 가진 훤칠한 호남형이었다. 반짝이는 눈망울을 가진 그들의 어린 딸은 엄마 아빠의 좋은 유전자만 골라 물려받은 생김새였다. 저런 딸내미 하나 있었으면, 하는 생각이 들 만큼 탐스런 그 아이 때문에 빈은 그들에게 인사를 건넬까 말까 망설였다. 하지만 이내 욕심을 버렸다. 그들이 자신을 알아볼 리 없었다. 가족이라는 울타리를 가진 사람들의 맹점을 그는 잘 알고 있었다. 그들은 울타리 밖의 일에 무관심하거나 무딘 편이다. 화목한 가정일수록 더하다. 빈은 스스로를 노출시킴으로써 관계의 번거로움을 자초할 이유가 없다고 생각했다. 시침 뚝 뗀 채 미용실을 나온 그는 몇 걸음 옮겨놓다 흘끗 그들을 돌아보았다. 유리를 통해 보이는 그들 부부 역시 빈을 가리키며 뭔가 얘기를 나누고 있었다. 빈은 짧게 자른 자신의 머리 모양을 보고 그러는 거라고 생각했다. 그 일 외에는 딱히 기억에 남는 일이 없는, 존재감 없는 사람들이었다. 그러니까 이사 간 위층 사람은 빈에게 더없이 좋은 이웃이었던 거다.

담배 연기가 목구멍에 달라붙는 걸 느끼면서 빈은 잠에서 깨어났다. 목이 칼칼했고 머릿속이 부연 연기로 가득 찬 듯 몽롱했다. 일어나 숲 쪽으로 난 창부터 열어젖혔다. 뒷산의 맑은 공기가 기다렸다는 듯 달려든다. 숨이 트이고 머릿속의 연기가 반쯤 걷히는 느낌이다. 처음 이 집을 보러 왔을 때, 뒤쪽 베란다에 잇대어 있는 산을 보는 순간, 그는 금궤라도 발견한 기분이었다. 욕실 타일이 여기저기 떨어져나간 것도, 천장 모서리의 균열도 금궤의 가치에 비한다면 사소한 흠집에 지나지 않았다. 80년대에 지어진 건물이라 형편없이 낡은데다, 멀리서 보면 산 밑의 붉은 벽돌 건물이 꼭 수용소 시설처럼 보이긴 했으나 입지만큼은 탁월했다. 그 자리에서 계약금을 치렀다. 북악산에 기대앉고 북한산을 바라보는, 강북의 전통적인 부자 동네에 위치해 있는 빌라 단지였다. 방랑벽 있는 빈이 계약을 연장해가며 삼 년째 살고 있는 이유도 주위에 둘러 있는 천혜의 환경 때문이었다. 기관지가 워낙 예민한 탓에 그에게 맑은 공기는 주거 조건의 최우선 고려 대상이었다.

담배 연기가 다시 슬금슬금 흘러들었다. 이번에는 베란다로 난 창을 통해서였다. 배수관을 통해 베란다로 고여든 연기가 안방 창을 넘어 들어온 것이다. 가족이 핏줄로 연결된 관계라면, 공동주택에서 이웃은 연결관을 통해 이루어지는 관계다. 시멘트 벽으로 단절된 옆집 사람보다는 관으로 연결된 아래위층 사람과 관계를 맺을 확률이 훨씬 높다. 안방 창을 닫아도 여전히 연기에서 자유롭지 못했다. 빈은 안방에서 나와 거실로 피했다. 주방 싱크대에 쌓여 있는 설거지거리부터 눈에 띈다. 일주일째 미뤄뒀더니 그릇이 수도꼭지보다 높게 쌓여 있다. 이참에 저거나 해치워야지. 빈은 소매를 걷어붙이고 싱크대로 다가섰다. 대체 뭘 먹었는지 기억도 나지 않는 양념 자국이 그릇마다 말라붙어 있다. 미지근한 물로 그것들을 불려야 했다. 그릇이란 그릇은 죄다 나와 있어 설거지는 해도 해도 끝이 없었다. 나중에는 허리가 뻐근할 지경이었다. 씻는 동안 세제 냄새가 좀 강하다 했더니, 마지막 헹굼에서야 알게 되었다. 담배 연기가 섞여 있었다. 싱크대 배수관으로 연기가 흘러나오고 있었던 것이다. 젠장. 그는 설거지를 서둘러 끝내고 담배 냄새를 피해 욕실로 향했다.

죽염을 탄 미지근한 물로 목과 코를 여러 번 헹궈냈다. 빈은 체질적으로 호흡기가 약하고 예민했다. 환절기마다 꽃가루 알레르기로 고생하는 건 물론, 긴 시간 지하철을 타거나 사람들로 북적이는 곳에 오래 있다가 돌아왔을 때도 이렇게 목을 헹궈내야 했다. 그렇지 않으면 목이 간질거려서 새벽녘에 잠을 설치곤 했다. 감기도 꼭 코와 목 증상으로 와서 거기서 앓다 끝나곤 했다. 죽염 양치로 개운해진 느낌이 들자 그는 샤워기 앞에 섰다. 머리 꼭대기에서부터 쏟아져내리는 물을 그는 한참 맞으며 서 있었다. 더운물에 몸이 덥혀지면서 목도 피로도 한결 풀리는 느낌이었다. 상쾌한 기분으로 샤워부스에서 나왔다. 타월로 몸을 닦는데 다시 연기 냄새가 희미하게 맡아졌다. 욕실 환기구, 아니 배수구를 통해 연기가 흘러들고 있는 모양이었다. 말끔하게 씻어낸 몸이 다시 오염된 것 같았다. 그는 다시 샤워기 앞으로 갔다. 머리 꼭대기부터 또 한 번 몸을 헹궈냈다.

***

담배 연기는 점점 심해졌다. 앞뒤 베란다와 주방, 욕실까지 장소는 물론이고 때도 가리지 않았다. 이른 아침 침대 머리맡에서 나던 담배 냄새가 늦은 밤까지, 심지어는 새벽녘에도 스멀스멀 기어들었다. 새로 이사 온 집 여자가 피우는 담배가 아닐까 했던 처음의 생각은 이내 바뀌었다. 흡연자는 그 집 가장이며 그것도 '온종일 집에서 일하는 골초 남자'라는 확신이 들었다. 프리랜서 웹디자이너거나 번역가 아니면 빈 자신처럼 분기별 시한부 생명인 시간강사, 최악의 경우 백수일 수도 있었다. 생각이 거기에 미치자 숨이 컥 막혀왔다. 강의가 있는 요일 빼고 일주일에 반 이상을 집에 머무는 자신에게 그런 이웃은 암적 존재나 다름없었다.

하소연할 데라곤 같은 처지의 친구들뿐이었다.

"통째로 훈제당했어? 얼굴이 왜 그렇게 부석부석해."

제일 먼저 운을 뗀 이는 십일 년째 시간강사를 하고 있는 친구였다. '강시들' 멤버 중에서 제일 먼저 박사학위를 딴 그는 강사 경력으로 최고참이었다.

"그 사람 집 안에서 이루어지는 일을 어떻게 문제 삼아? 사생활 침해에 해당하는 거지."

육 년 경력의 강시 멤버는 회의적 태도를 보였다.

"나도 요즘은 바깥에서는 피울 엄두도 못 내고 집에서나 겨우 피운단 말야."

다른 친구도 '육 년' 생각과 비슷했다.

"그나저나 우리는 목으로 먹고살고 목구멍이 포도청인데, 목이 맛이 가버리면 어떻게 하라고."

오 년 경력이 안타까워하며 빈의 상황을 걱정했다.

그들의 우려 이상으로 빈의 상태는 심각했다. 그는 연기에 질식당하는 꿈을 꾸며 번번이 가위눌렸다. 때로는 폐암으로 돌아가신 아버지가 너덜거리는 기침 소리를 달고 꿈속에 나타나 걱정스런 표정으로 아들을 바라보며 서 있곤 했다.

강사 경력 도합 삼십이 년의 먹물형들이 아무리 머리를 쥐어짜도 뾰족한 답이 나오지 않았다. 중지를 모은 결과 공동주택의 구조상 불가피한 일까지 이웃의 책임을 물을 수는 없다는, 먹물들다운 교양 있는 결론이 내려졌다.

"건 그렇고, 위층 사람이 마술사야? 담배 연기를 아래로 뿜어내는 신통방통한 재주라도 있나 보지?"

세상의 쓴맛을 덜 본 '오 년'이 뜻밖의 지적을 했다.

"삼층 사람들이 이사 오고 나서 생긴 일이니까."

빈의 대답에 '십일 년'과 '육 년'의 눈빛이 신랄해졌다.

"삼층 사람들 이사 오고 비 내리면 것두 그들 때문이라고 하겠네."

'십일 년'이 이 퍼센트 부족해 보이는 비유를 끌어다댔다.

"물도 아니고 연기가 아래로 내려간다는 건 나도 난생첨 듣는 얘기다."

"너 정말, 담배 연기 후유증이 만만찮구나."

빈도 그제야 자신이 엄청난 착각을 하고 있었음을 깨달았다. 엄밀히 따져본다면 담배 연기가 삼층 사람들이 이사 온 날부터 시작되었다고 단정하기도 어려웠다. 머릿속이 뒤죽박죽 혼란스러웠다. 그렇다면 아래층도 그즈음 새로 이사를 왔나? 새로운 의구심과 함께 모든 문제가 아래층으로 쏠려 내려갔다. 107호. 아래층 남자가 제일 먼저 떠올랐다. 지난 가을에 있었던 일과 함께……

우편함에서 정기구독 잡지가 한 번씩 없어졌다. 처음에는 배달 사고려니 했다. 잡지사에 문의했더니 그들은 묻지도 따지지도 않고 책을 다시 보내주었다. 그 후로도 책이 계속 없어지는 걸 보고 빈은 발송 사고가 아님을 알았다. 정기구독 잡지에다 지인들이 보내주는 것까지 하면 다른 우편물 빼고 책만 한 달에 열 권 이상이 우송되어 왔다. 늘 제대로 챙겨보는 것은 아니어서 그중에 한두 권이 빠져도 눈치 못 챌 때가 있었다. 우편함에서 책이 없어지기 시작한 게 정확히 언제부터였는지는 알 수 없었다. 뭔가 대책을 세워야지 하면서도 차일피일 미루고 있던 터에, 강의와 관련해 기다리고 있던 월간지가 오지 않은 일이 있었다. 빈은 그 문제를 더는 미룰 수 없다고 생각했다. 뭔가 대책을 세워야 했다.

한번은 쓰레기를 버리러 갔다 온, 불과 몇 분 사이에 우편함의 책이 없어진 일이 있었다. 범인은 같은 라인에 있는 이웃으로 보였다. 누군가 현관으로 들어서면서 빼간 게 분명했다. 삼층 빌라여서 같은 라인이라고 해봐야 고작 여섯 가구였다. 빈의 바로 옆집에 사는, 두문불출의 208호 독거 할머니는 우선 제쳐놓았다. 그러자 네 가구로 경우의 수가 좁혀졌다. 어린 딸을 둔 바로 위층 307호도 빼기로 했다. 그들 가족과 한 번 대면했다는 이유 말고도 해맑은 어린 딸을 둔, 하루도 빠짐없이 정확한 시간에 출근하는 성실한 모범 가장과 현

모양처로 보이는 부인에게 혐의를 두긴 어려웠다.

용의자는 107호와 108호, 308호 세 가구로 좁혀졌다. 그들 가구는 가족 구성조차 정확히 알 수 없었다. 그중 108호 남자와는 입구 현관에서 한 번 마주친 적이 있었다. 사실, 용의자로 제일 먼저 떠올린 인물이 108호 남자였다. 그는 7, 8호 라인에서 이미 요주의 인물로 찍혀 있었다. 남자는 갑갑증이 있는지 수시로 문밖을 들락거렸다. 특히 그 집 현관은 전자키 잠금장치로 되어 있어 사람이 드나들 때마다 기계음이 요란했다. 문 여닫는 소리에 이어 잠금장치가 자동으로 풀리고 잠기는 소리가 유난히 길고 크게 들렸다. 삐리릿 휘리링— 하는 소리에 이어 문이 열리고 닫히는 소리, 다시 휘리링 철컥— 하면서 잠금장치가 채워지는 금속성 소음이 수시로 들린다고 생각해보라. 그것도 밤늦은 시간에…… 하지만 시간이 지나도 마찬가지였다. 아무도 그것에 대해 문제 삼지 않은 것인지, 108호 남자가 안하무인인지는 알 수 없었다.

빈이 그 108호와 맞닥뜨린 건 어느 아침나절, 경비실에서 전날 못 챙겼던 택배 물건을 찾아오면서였다. 현관 입구로 들어서는데 108호 현관문 잠금장치의 기계음 소리가 요란하게 나더니 한 남자가 계단을 막 내려오고 있었다. 남자는 목 주위가 늘어질 대로 늘어진 누런 러닝셔츠에 군청색 추리닝 바지, 맨발에 슬리퍼를 꿰신은 채였다. 입구에서 서로 길을 엇

갈리는 순간, 그에게서 술 냄새가 훅 끼쳐왔다. 여름날 쓰레기차와 마주친 것처럼 순간적으로 불쾌하고 께름칙했다. 그것도 상쾌한 아침나절에…… 충혈된 눈에 야위고 핏기 없는 얼굴의 사내는 한눈에 봐도 알코올중독자임을 알 수 있었다. 아마도 사내는 근처 가게에 술을 사러 나선 모양이었다. 그가 당장 필요로 하는 것이라곤 그것밖에 없어 보였다. 빈이 책도둑 용의자로 맨 먼저 그 108호 사내를 떠올린 건 편견이 습관적으로 작동한 때문이었다. 바로 아래층 107호와, 사선 방향으로 이웃한 308호 사람은 그때까지 한 번도 마주친 적이 없으므로 혐의를 가질 만한 꼬투리조차 없었다.

빈의 추리는 안이하고 상투적이었음이 곧 드러났다. 그 일이 있고 며칠 뒤, 빈이 외출에서 돌아오던 길이었다. 입구 현관을 들어서던 한 남자가 우편함 앞에서 머뭇거리는 모습이 보였다. 순간, 빈은 걸음을 주춤했다. 남자는 빈의 우편함에서 태연하게 정기구독 주간지를 꺼내 들었다. 검은 면 티에 정수리가 번들거리는 거구의 남자였다. 왜소한 108호 술꾼과는 허우대부터 달랐다. 책을 집어든 그는 성큼성큼 계단을 올라서서 자기 집으로 사라졌다. 107호. 빈의 집 바로 아래층 남자였다. 그와 동시에 빈은 108호가 범인이 될 수 없는 이유를 자연스레 떠올렸다. 적어도 그런 알코올중독자는 술 외의 것을 탐하지는 않을 것 같았다. 책 같은 건 더더욱……

그러니까 책도둑이었던 107호 남자가 이사를 가지 않았다면 담배 연기의 범인은 그 남자라는 얘기였다. 하지만 그는 원래 흡연자가 아니었다. 지금껏 살면서 빈이 담배 연기로 골머리를 앓았던 적은 없었으니까. 아래층 사람이 바뀌었거나 107호 남자가 안 피우던 담배를 피우기 시작했거나, 둘 중 하나였다.

"4동이라면, 최근에 이사 온 집은 307호뿐인데요."

경비의 말에 따르면 107호 주인은 그대로였다.

그는 늦은 점심을 막 들고 난 참이었다. 라면 수프의 묵직한 화학조미료 냄새가 신 김치 냄새와 어우러져 어둑하고 썰렁한 경비실 안을 그득 채우고 있었다. 둥근 나무 소반에 등산용 코펠과 김치통이 올라 있었다. 코펠에는 불어터진 허연 라면 몇 가닥이 빨건 라면 국물에 둥둥 떠 있었다. 주민이 버린 물건임이 분명해 보이는, 군데군데 옻칠이 벗겨진 개다리소반 밑으로 등산용 부탄가스 버너가 보였다. 좁고 침침한 경비실 안은 따로 노는 듯한 물건들로 그득했다. 일인용 물소가죽소파가 있는가 하면 한쪽 구석에는 등받이의 조각 장식이 떨어져나간 원목 흔들의자도 있었다. 김치통 뚜껑을 닫아 들고 경비는 굼뜬 동작으로 냉장고 앞으로 다가갔다. 경비실이 아니라 홀아비 자취방을 들여다보고 있는 것 같았다.

"혹시 107호 주인이 어떤 사람인지 아시나요?"

빈은 뒷모습으로만 남아 있는, 정수리가 반들거리던 거구의 107호 남자를 떠올리며 물었다.

경비는 빈의 질문에 난처해하기보다는 뚱한 표정이었다.

"저는 바로 위층인 207호 사는 사람이거든요, 온종일 하도 담배 연기가 올라와서……"

빈이 설명을 덧붙였다. 입주민에 대한 사생활 보호 의무가 있는 경비가 쉽게 정보를 줄 리 없었던 것이다.

"나도 여기서 일한 지 이제 겨우 두 달째라."

경비가 이마의 땀을 손등으로 닦으며 말했다.

하긴 반년을 넘기는 경비도 잘 없었다. 얼굴을 익힐 만하면 낯선 사람으로 바뀌어 있었다. 그럴 때마다 주민 대표한테 경비실 처우 개선 좀 하라고 한소리 하고 싶었다. 매달 관리비를 이천 원씩만 더 내도 경비 근속 기간이 열 배는 늘어날 것 같았다. 그런 간단한 해결조차 숫자가 개입하면 미적분처럼 어려워지는 모양이었다.

"107호는 잘 모르겠고, 바로 옆집에 사는 그 술 좋아하는 양반 있잖소……"

그 한마디가 돌아서던 빈을 주춤하게 만들었다.

"그 양반, 경기도 어디 요양소로 들어갔다더만."

뜬금없이 흘러나온 108호 소식이었다. 단 한 번 마주쳤던 사내의 모습이 눈에 선했다. 움푹 팬 쇄골, 퀭한 눈, 광대뼈가 불거질 정도로 깡마르고 창백한 얼굴, 구부정한 어깨, 온몸에서 풍겨나던 술 냄새…… 한마디로 사내는 술독에 푹 절여졌다 나온 미라 같았다. 우연찮게 들은 108호 소식을 뒤로한 채 빈은 경비실을 나섰다.

산기슭을 따라 지어진 빌라 단지가 눈에 들어왔다. 황사로 공기가 부옇긴 했으나 빌라 화단의 나무에는 새순이 돋고 있었다. 평일 낮인데도 주차된 차들이 많았다. 기름값 부담으로 대중교통을 많이 이용하는 모양이었다. 강북의 전통적인 부촌에 위치해 있음에도 전세값이 엄청 싼 빌라였다. 전철이 연결되지 않아 버스노선만 있는데다, 지어진 지 삼십 년이 가까워오는 빌라였기 때문이다. 어떤 부자 동네든 서민이 같이 끼여 살게 마련이건만, 빈이 자신이 사는 동네 얘기를 하면 대다수 사람들은 선입견을 떨치지 못했다. 빈이 시간강사로 오래 버티는 이유를 사람들은 대부분 거기서 찾았다.

108호 문 앞을 지날 때였다. 현관문 잠금장치 소리가 얼핏 들리는 것 같았다. 빈은 헛기침을 하며 서둘러 그 집 문 앞을 지나쳤다. 반사적으로 술에 전 미라와 마주치고 싶지 않다는 생각이 들었던 것이다. 이층으로 향하는 계단을 오르면서 빈은 108호에 눈길을 주었다. 문은 굳건히 닫힌 채였다. 환청이었나. 그는 고개를 갸웃하며 다시 귀를 기울여보았으나 여전히 잠잠했다. 그 양반, 경기도 어느 요양소에 들어갔다더만.

뒤늦게 경비의 말을 떠올리며 그는 나머지 계단을 천천히 올랐다. 술꾼과 마주칠 일이 없어졌다는 것, 늦은 밤 거칠게 여닫는 문소리를 듣지 않아도 된다는 것, 두 가지 반가운 사실을 되새기면서……

현관으로 들어서던 빈은 얼굴을 찌푸렸다. 집 안에 드리운 담배 연기가 신경을 거슬렀던 것이다. 그대로 몸을 돌려 빈은 현관문을 거칠게 닫았다. 그러고는 계단을 뛰어 내려갔다. 107호 문 앞에 섰다. 문을 쾅쾅 두드리며 '제발 숨 좀 쉬고 삽시다!'라고 소리치려 했다. 그때였다. 따르르르. 휴대폰이 울렸다. 택배기사의 전화였다. 조금 전 들렀더니 사람이 없어 경비실에 물건을 놓고 왔으니 찾아가라는 얘기였다. 빈은 알았다며 전화를 끊었다. 통화가 끊기면서 이상하게 감정도 가라앉았다. 107호. 숫자가 다시 차분하게 눈에 잡혔다. 문을 두드리고는 '저희 집에 갓난아기가 있어서요'라고 애원할까? 그도 아니면 '선생님, 가족과 이웃을 생각해서라도, 아니 무엇보다 본인의 건강을 위해 이번 기회에 담배를 한번 끊어보시는 건……' 하고 금연을 권할까? 이런저런 생각을 떠올리며 빈은 107호 현관을 두드렸다. 잠잠했다. 이번에는 초인종을 눌렀다. 여전히 감감무소식이었다. 문 두드리기와 초인종 누르기를 다시 한번 반복했다. 여전히 아무 반응이 없었다. 사람이 없는 게 분명했다. 빈은 일층 계단을 내려가 현관 쪽으로 향했다. 책도둑에 이어 담배 연기까지, 번번이 107호가 문제였다. 지난번 책 도난을 목격했을 때도 넙데데한 등판과 반들거리는 정수리만 보았을 뿐 얼굴은 제대로 보지 못한 사내였다. 빈은 자신의 기관지를 점점 황폐화시키는 주범인 그가 대체 어떻게 생겨먹은 인간인지 궁금했다.

빈은 우편함이 있는 곳으로 다가갔다. 그러고는 조심스럽게 주위를 한번 둘러보았다. 어떤 시선도 느껴지지 않았다. 빈은 빠른 손놀림으로 107호 우편함 속의 우편물을 꺼냈다. 며칠 쌓인 것인지 우편물이 꽤 많았다. 전단지 하나 빠뜨리지 않고 우편함의 것을 모조리 챙겨든 그는 서둘러 집으로 들어갔다.

* * *

긴장한 탓인가. 빈은 식탁 위에 우편물을 던지듯 올려놓고 화장실부터 찾았다. 우편함에서 태연하게 남의 책을 빼들던 107호 사내의 모습이 떠올랐다. 그도 처음부터 그렇게 자연스럽지는 않았을 테지. 처음에는 화장실로 들어가 담배를 피우며 긴장을 풀지 않았을까. 그때부터 흡연이 시작된 건 아닐까. 어설픈 추리가 또 작동되었다. 아무리 그래도 그렇지 기껏 우편함의 우편물이라니. 빈은 자신의 충동적인 행위에 실소가 났다. 오줌 줄기가 조준권을 벗어났다. 107호 사내에 대한 앙갚음, 아니 궁금증이었다. 대체 그가 안 피우던 담배를 왜 갑자기 피우게 되었는지, 거기서부터 시작해야 할 것 같았다. 소변을 다 보고 난 빈은 휴지로 변기 둘레에 묻은 오줌 자국을 닦았다.

식탁에 앉아 우편물을 하나씩 뜯어 살펴보기 시작했다. 각종 세금 고지서와 카드대금 청구서, 동창회 초청장, 쇼핑몰 카탈로그, 은행 대출 안내문 등이 뒤섞여 있었다. 107호는 삼성카드와 국민카드 회원이고 근처 L백화점과 옥션 이용자였다. 정기 주주총회 안내문으로 봐서는 D증권을 통해 주식 투자도 하고 있는 모양이었다. 내역을 자세히 들여다보니 깡통계좌나 다름없다. 재취업 교육 프로그램 안내문, 인재은행 회사 홍보물도 있었다. 봉투를 하나씩 뜯어보면서 빈은 사내의 정보를 차곡차곡 쌓아나갔다. 그것들을 모아 짜깁기해보니 그의 신상이 대충 잡혔다.

58로 시작하는 주민등록번호를 가진 107호 남자의 이름은 김정수. 지난번 책 분실 사건 때, 기본 소양은 갖춘 사람이라는 걸 눈치챌 수 있었듯 지방의 명문 국립대 이공계열 학과 출신이었다. 건설회사에서 일했으며 지금은 실직 상태라는 것, 은행 융자금을 체납할 정도로 형편이 쪼들리고 있다는 것 등을 짐작할 수 있었다. 책 분실 사건 생각이 났다. 빈은 그가 범인이라는 걸 알았을 때 처음엔 그 집 현관문에 직접 경고문을 써 붙일까 생각했다. 다시는 그런 짓을 못하도록 강도 높은 처방이어야 했다. 하지만 그것의 역효과를 생각해내고는 이내 마음을 바꿨다. 먹물형의 기본 도리를 무시할 수도 없었다. 현관문 대신 우편함 옆 게시판에 써 붙이기로 했다. 그것도 경고문이 아닌 협조문으로. '부탁드립니다'라는 정중하고 간곡한 제목을 굵직한 고딕체로 뽑아 맨 위에 올려놓았다. '우편함에서 책이 종종 없어진다, 책이 없어지면 본인은 아주 난처한 지경에 처한다, 제발 부탁이니 앞으로는 책을 가져가지 말아 달라.' 이런 골자였다. 게시판에 일주일간 붙여놓았더니 확실히 효과가 있었다. 그 뒤로는 책이 없어지지 않았다. 책 도둑은 역시나 도둑으로 치부하기엔 무리가 있었다. 일은 생각보다 쉽게 마무리되었다.

열여섯 개의 우편물을 꼼꼼히 들여다본 빈은 궁금증이 풀린 만큼이나 맥이 풀렸다. 몰랐던 사실을 알게 되어 후련한 게 아니라 외려 마음이 답답하고 무거워졌다. 107호 집안의 속사정으로 추정되는 것들이 하나같이 칙칙하고 암담한 것투성이였던 것이다. 괜히 들춰봤나. 후회도 되었다. 하지만 엎질러진 물이다. 빈은 뜯어본 우편물을 모두 휴지통에 집어넣었다. 연체 대금 청구서와 체납 통지서 등을 보게 된다면 당사자야 심란할 게 뻔했다. 그러면 애꿎은 담배만 축낼 것이고 그 연기는 고스란히 빈 자신의 코와 목구멍이 감당해야 한다. 빈은 우편물을 모두 쓰레기 봉지에 담아버렸다.

아무리 생각해도 뾰족한 수가 없었다. 공기정화기 동원에, 환기구와 연결관을 모두 봉하는 것까지 생각해보았으나 임시방편에 지나지 않았다. 그건 집이 숨쉬는 걸 차단하는 것이나 다름없었다. 가장 확실한 해결책, 그건 이사였다. 하지만 현실적으로 가당키나 한 일인가. 전세난이 심각한 사회 문제로 떠오른 건 어제오늘 일이 아니다. 가격 폭등은 물론이고, 물량 부족을 틈타 집주인들은 전세 대신 월세를 선호하는 추세였다. 부동산 전문가들은 앞으로 우리나라도 전세 제도가 사라지고 월세가 정착할 거라고 자신 있게 진단했다. 담배 연기에서 시작한 문제가 이사와 전세금 문제로 옮겨가더니 급기야 빈 자신의 처지로까지 가 닿았다. 어느 대학 강사의 자살로 시간강사 처우가 사회적 이슈로 떠오르면서 고등교육법 개정안이 나왔다. 그것이 발표되던 날 '강시들' 술자리 모임이 있었다.

"자살률 제일 높은 비정규직, 그게 딱 우리 아냐."

"미국에서는 시간강사를 '학계의 햄버거 가게 알바생'이라고 한대."

시간강사의 운명을 빗댄 말에 다들 고개를 끄덕였다.

'합격자 발표 기다리는 수험생 기분, 그걸 학기마다 느끼는 스릴 만점 직업'이라느니 '오 분 대기조'라느니 직업을 빗댄 우스갯소리가 한동안 쏟아져나왔다. 개강 전 강의 청탁이 오기를 기다릴 때의 초조함을 다들 잘 알고 있었다. 어쨌든 수업 배정이 없으면 그걸로 끝이다. 사전 통보도 없다. 그때부터 보충할 다른 밥벌이를 강구해야 한다. 매학기, 줄서기에 따라 바뀌는 운명이기도 했다. 연락이 안 오는 이유라야 뻔하다. 주임교수가 바뀌었다는 얘기다. 강사란 으레 교수 주변 사람들로 채워지게 마련이므로 그때마다 강사는 관계의 지각 변동을 겪는다.

"앞으로 시간강사라는 말도 없어진대."

너스레 떨며 부리던 여유가 냉정한 현실 문제로 돌아왔다.

"처우 개선해준다는 명분으로 강사 수 대폭 줄일 테고. 극소수 확실한 인맥만 살아남을 테고."

"이 '강시들' 모임도 해체되는 거 아냐."

"앞으로 '좀비들'이라고 이름을 바꿔야 할 거 같은데……"

* * *

'필요하시면 가져가세요.'

빈은 우편함 옆 게시판에 새로운 문구를 붙였다. 그 아래쪽에 책들을 쌓아두었다. 정기구독하는 시사지와 경제, 문화 관련 잡지들이었다. 일주일을 갓 넘긴 최신 주간지도 포함되어 있었다. 한때 우편함에서 잘 없어지던 것들을 택해 발행 순서대로 올려놓은 것이다. 아래층 남자를 염두에 둔, 빈이 생각해낸 아이디어였다. 사실, 잘 어질러지는 집의 주범인 헌책 처리가 일차적인 문제였지만…… 바람직한 해결책은 아래층 남자가 취직이 되어 출근하는 것이다. 책은 107호 남자에게 취업 정보는 물론 담배 줄이는 데도 도움이 될 것 같았다. 어차피 잡지야 시간이 지나면 애물단지가 되어버리는 것이고, 헌책 처리 주기가 짧아진 것도 빈으로서는 나쁠 것 없으니 일석이조였다.

외출하면서 놓아둔 책은 빈이 귀가할 때는 한 권도 남아 있지 않았다. 그는 그것이 107호 사내의 손으로 옮겨갔을 거라고 생각했다. 이전에 사내가 곧잘 집어가던 잡지들이었으니 제대로 주인을 찾아갔을 것 같았다. 책이 없어진 자리를 보자 빈은 가게 주인이 팔려나간 물건의 빈자리를 보듯 뿌듯했다.

그 일은 격주에 한 번씩 행해지는, 빈의 규칙적인 일과로 자리잡았다. 잡지 챙겨 보는 일에 부지런해졌고 집 안도 한결 정돈되었다. 다 읽고 내다놓은 책들이 또 다른 주인에게로 옮겨가 쓰인다고 생각하니 문화 상품 재활용을 몸소 실천하는 기분이었다. 그 일을 두 달째 성실히 하고 있던 어느 날이었다.

"저, 아저씨."

책을 내놓는데 뒤에서 누가 부르는 소리가 들렸다. 뒤돌아 보니 한손에는 양동이, 한손에는 물걸레를 든 청소 아줌마였다. 심기가 불편한 인상이었다.

"그거 재활용 수거함에 직접 갖다두면 안 되겠어요…… 두 번 일 안하게."

양동이를 힘겹게 내려놓으며 아줌마가 말했다. 책들은 그동안 빈이 내놓는 족족 청소 아줌마 손에 치워졌던 것이다.

새벽 세시, 빈은 잠을 깼다. 창에 달이 훤하다. 보름달이다. 달빛에 깨어난 것인지 담배 연기에 깨어난 것인지 알 수 없었다. 담배 연기가 달빛을 타고 흘러든다. 몽롱하다. 달빛 때문인지 연기 때문인지. 아래층 남자가 베란다에 앉아 담배를 피우는 모양이다. 달을 바라보며 피우는 담배 맛은 어떨까? 속수무책인 고민이나 괴로움이 끽연으로 웬만큼 해결되거나 다스려질까…… 107호 남자는 오늘 하루도 거실과 베란다로, 화장실로 자리를 옮겨 다니며 담배를 피웠다. 연기는 스무 평 남짓한 공간에서 맴도는 남자의 동선을 그대로 보여주었다. 온종일, 그리고 달빛이 처연히 비쳐들고 있는 이 시간까지……

"어머 모르셨어요? 이번에 새로 오신 선생님 강의로 대체되었는데……"

조교는 자신의 재량권 밖의 일이라는 어조로 말했다. 사실이 그랬다.

여름 방학이 거의 다 끝나가는데도 행정실에서 연락이 없자 조바심이 난 빈이 먼저 전화를 걸었던 것이다. 다음 학기 시간표를 짜기 위해 방학 전에 꼭 담당 조교가 연락을 해오곤 했건만 이번은 웬일인지 방학이 다 끝나가도록 감감무소식이었다.

"강교수님께서 미리 말씀하신 줄 알았는데……"

젊은 조교도 궂은일엔 나서지 않는 게 현명한 처신이라는 걸 체득하고 있었다.

오 년 동안 고정적으로 해오던 강의가 한마디 통보도 없이 폐강된 것이다. 다른 과목이라면 그러려니 했을 것이다. 하지만 그 수업만큼은 달랐다. 지난 오 년간 수강 신청 때마다 인문학부를 통틀어 일 순위로 마감될 만큼 인기 과목이었다. 빈만이 할 수 있는 특화된 강의이기도 했다. '철밥통' 과목이라 여겼던 믿음이 하루아침에 깨졌다. 시한부 강사 운명을 서늘하게 일깨워준 일이었다. 그로써 집에 있는 시간이 하루 더 늘어났다. 다음 학기에는 하루가 더 늘지도 모른다.

* * *

담배 연기가 사라졌다. 정확히 언제부터였는지는 알 수 없다. 온종일 신경을 기울여보지만 확실히 연기는 더 이상 올라오지 않았다. 다음날도 마찬가지였다. 그 다음날도…… 지긋지긋한 담배 연기에서 드디어 해방된 것이다. 반갑고 후련했다. 빈은 자신이 가장 바람직한 해결책이라고 생각했던 대로 107호 남자가 다시 일자리를 찾은 거라고 추측했다. 도랑 치고 가재 잡고, 누이 좋고 매부 좋은 일. 하지만 하루 이틀 시간이 지나면서 이상하게 마음이 허전했다. 아니 허전하다기보다는 서운했다. 과장을 좀 보탠다면, 매몰되어 있던 지하갱도에서 한 사람이 먼저 구출되고 혼자 남겨진 기분이랄까. 감정의 변덕스러움에 빈 스스로도 놀랐다. 그런들 어쩌겠는가.

늦게 귀가하던 어느 날, 빈은 107호 창에 불이 꺼져 있는 걸 보았다. 7, 8호 라인에서 그 사내의 집과 빈의 집에만 불이 켜져 있지 않았다. 다음날도 그 다음날도 그랬다. 107호는 확실히 비어 있는 것 같았다. 사내가 취직했다고 여겼던 건 희망사항에 지나지 않았다. 107호 사내에게 다른 가족은 없었던가…… 아무리 되짚어봐도 그들 가족을 본 기억은 없었다.

"107호? 이사는 뭔 이사. 이사하려면 우선 경비실에 신고부터 하게 돼 있는데."

새로 온 늙은 경비 아저씨의 말이었다.

"어디 멀리 다니러 갔나보지. 미국 같은 데로. 기러기 아빠 아닌가?"

경비 아저씨는 빈이 생각지도 못했던, 있을 법한 상황을 떠올렸다. 빈은 지난번 우편물을 뒤졌던 기억을 헤집어보았다. 열여섯 통의 우편물 가운데 외국에서 온 편지는 한 통도 없었다. 하긴 이메일을 두고 누가 요즘 국제 편지를 쓰겠는가. 107호는 기러기 아빠 생활에 설상가상으로 실직까지 겹쳤던 것인지도 모른다. 대한민국 풍속도의 하나로 이미 자리잡은, 그런 경우야 충분히 있을 법한 일이었다.

107호 앞을 지나면서 빈은 생각했다. 107호 남자는 대체 어디로 사라졌을까? 빈은 가던 걸음을 돌려 107호 현관문 앞으로 갔다. 그 집이 정말 비어 있는지 확인해보고 싶었다. 벨을 눌렀다. 기척이 없다. 한 번 더 눌렀다. 차임벨 소리가 집 안 그득 울려퍼지는 게 현관문을 통해 전해왔다. 이전처럼 여전히 아무런 기척이 없었다. 집은 비어 있는 게 확실했다.

정말 아래층이 비어 있을까? 설핏 잠이 들었다 깨어난 빈은 그런 의문이 들었다. 꿈이 너무도 선명했다. 거대한 저택이었다. 바로크풍 건물에 앤티크 가구와 장식품이 갖춰진 격조 있는 대저택은 어둠에 묻혀 있었다. 어둠이 아니라 부연 무엇으로 덮여 있었다. 연기인지 먼지인지 자욱한 안개인지. 어둠이 물러나고 창으로 빛이 비쳐들었다. 실내 한쪽 구석에 뭔가 보였다. 갈색 소파 뒤쪽 바랜 자줏빛 양탄자 위에 누군가 쓰러져 있었다. 집은 오래전부터 방치된 채였다. 거미줄과 곳곳에 쌓인 먼지와 바랜 커튼이 그걸 말해주었다. 희붐하게 빛이 비쳐들면서 바닥에 누운 그것의 정체가 드러났다. 한 남자의 미라였다. 머리숱도 없는 반들머리 남자의 미라. 이제는 돌처럼 딱딱해져버린……

퀴퀴한 곰팡내 같은 것이 맡아졌다. 아니, 단백질이 부패하는 냄새였다. 짐승의 사체가 서서히 썩어들어가면서 뿜어내는 냄새. 아래층에서 올라오는 냄새다. 이전에 담배 연기가 올라오던 곳을 통해 슬슬 다른 냄새가 스며들고 있었다.

"자꾸 무슨 냄새가 난다고 그래? 아무 냄새도 안 나는구만."

세번째로 호출당했을 때 늙은 경비는 코를 킁킁거리며 짜증을 냈다.

"107호 그 집은 야반도주했다니까. 사람은 무슨 사람, 집에 아무도 없어. 진짜 빈집이라니까 빈집. 그저께 집달관들 와서 차압 딱지 붙일 때, 내가 그 집 구석구석까지 두 눈으로 똑똑히 봤거든."

경비는 부릅뜬 눈을 손가락으로 가리키며 말했다.

그럼에도 빈은 여기저기 코를 대고 냄새를 맡았다. 빈을 따라 늙은 경비도 코를 킁킁댔다.

"지금 이 냄새는 오늘 정화조 청소를 해서 그런 거라고. 젊은 사람이 한번 얘기하면 알아먹어야지."

경비는 타박하듯 쏘아붙이고는 경비실을 비워둘 수 없다며 가버렸다.

정화조 냄새가 집 안 그득 고였다. 하지만 자세히 맡아보면 꼭 그 냄새만은 아니었다. 뭔가 퀴퀴하고 불순한 냄새가 섞여 있었다. 계속 코를 킁킁거린 탓인지 빈은 머리가 지끈거렸다. 소파에 털썩 쓰러지듯 누웠다.

똑똑— 똑똑—

문 두드리는 소리가 희미하게 들렸다. 빈은 일단 잠자코 있었다. 신문 보급소 소장이거나 교회에서 전도 나온, 진드기처럼 들러붙어 사람을 귀찮게 하는 이들인 경우가 대부분이다. 택배기사나 집배원처럼 용건이 확실한 사람들은 문 두드리는 소리부터 자신감이 넘친다. 이번에는 소리가 좀더 크게 들렸다.

"저 실례합니다. 위층 사는 사람인데요."

맑은 고음의 여자 목소리가 문 너머에서 들렸다.

빈은 서둘러 문을 열었다.

"안녕하세요. 인사가 늦었네요. 307호 사는 사람이에요."

상냥한 목소리로 여자는 인사부터 건넸다. 그들이 이사 오고 처음 나누는 인사다. 맞대면도 처음이다. 삼십대 중반쯤으로 보이는 젊은 여자였다. 이전에 살던 위층 여자보다 더 젊은 미시족 스타일이었다. 작고 호리호리한 몸매에 귀여운 인상이 매력적이었다. 기혼녀만 아니라면 팔을 잡아끌어 집에 들여앉혀놓고 싶을 정도였다.

"죄송하지만, 한 가지 부탁 좀 드리려고요."

여자는 조심스럽게 말을 꺼내면서 빈의 오른손으로 시선을 옮겼다.

"저, 담배요, 좀 줄여주실 수 없나 해서요."

빈은 자신의 오른손 검지와 중지 사이에 꽂혀 있는 담배를 보며 순간적으로 움찔했다.

"며칠 전부터 아래층에서 올라오는 연기 때문에 온 가족이 질식사 직전이에요. 특히나 저희 집은 어린애까지 있어서…… 오늘 애를 이비인후과에 데려갔다 왔거든요. 편도선이 부었대요. 제발 담배 좀 줄여주세요. 아니면 바깥에서 피우시든지. 번거롭긴 하겠지만 운동도 할 겸 바깥이 제일 좋겠네요."

여자는 간곡하게 말했다.

"실은, 저도 아래층에서 나는 냄새 때문에…… 근데, 혹시 이상한 냄새 같은 건 안 나던가요?"

빈이 여자에게 되물었다.

삼층 여자는 무슨 말인지 잘 모르겠다는 듯 검은 눈동자를 또록거렸다.

"그러니까 제 얘기는, 담배 연기 말고 다른 뭐, 부패한 냄새 같은 이를테면 짐승의 사체가 썩는 것 같은……"

빈이 떠듬거리며 설명을 덧붙이자 여자는 께름칙한 표정을 지었다.

"아뇨, 딴건 모르겠어요."

여자는 고개를 가로저어 의견 표명을 또렷하게 했다.

"거 참, 이상하네. 짐승의 사체가 썩는 것 같은 냄새가 계속……"

"어쨌든, 우리 식구는 담배 연기 때문에 죽을 지경이에요. 흡연만 좀 자제해주시면 정말 감사하겠어요. 워낙 낡은 빌라라 그런지 층간소음이나 공기 차단이 영 허술하더라고요."

여자는 한 번 더 간곡히 당부하고는 삼층으로 향하는 계단을 올랐다. 굽 높은 슬리퍼 위에 얹힌 여자의 발꿈치와 가느다란 발목이 토닥토닥 경쾌하게 계단을 올랐다. 그 뒤를 따르고 싶은 생각이 들 정도로 매혹적인 걸음이었다. 빈은 넋 놓은 듯 그 모습을 바라보다가 삼층 현관이 닫히는 소리를 듣고서야 자신의 집 현관문을 닫았다.

빈은 꽁초가 수북이 쌓인 재떨이에 담배를 비벼 끈 다음 소파에 누웠다. 부옇게 흐려져 있는 실내 공기가 한눈에 들어왔다. 여자의 목소리와 계단을 오르던 발뒤꿈치가 생생하게 살아났다. 위층 여자의 간청을 무시할 자신은 없었다. 하지만 걱정이었다. 담배 연기보다 더 괴로운, 아래층에서부터 올라오는 끈질긴 냄새를 담배 아닌 어떤 것으로 물리칠 수 있을지…… 한숨을 휘휘 내쉬다 그는 손을 뻗어 다시 담배를 집었다.

바닥

모니터에 수상한 사람이 잡혔다. 지하층 복도를 기웃거리던 낯선 사내가 일층 복도 시시티브이에 비치나 싶더니 어느새 이층 모니터에 나타난 것이다. 사내는 건물의 층을 오르내리는 게 아니라 모니터 화면 위에서 평면 이동하는 것 같다.

따닥 따닥딱, 등뒤에서는 원장의 계산기 두드리는 소리가 신경 세포를 쪼아댄다.

"고시원 말아먹으려고 작정을 했구나."

따닥 따닥딱, 그는 똑같은 계산을 몇 번째 되풀이하고 있다. 계산이 어긋나서가 아니다. 내 실수를 거듭 일깨우기 위한 것이다. 그가 장부와 계산기를 번갈아 들여다보며 궁시렁거리는 내내 나는 시시티브이 모니터에 시선을 고정하고 있었다.

따닥따닥, 궁시렁궁시렁.

계산기 두드리는 소리와 사장의 잔소리가 불협화음을 이루는가 싶더니 모니터 화면까지 가세해 시청각적으로 신경을 긁는다.

사내는 이제 삼층 복도에 나타났다. 아까와는 달리 익숙한 걸음걸이로 좁은 복도를 천천히 오가기 시작한다. 사건 현장에서 물증을 잡기 위해 주변을 세밀하게 살피며 오가는 형사 같다.

"어떻게 돈이 삼십만 원이나 빌 수 있냐?"

원장이 계산기로 내 팔꿈치를 쿡쿡 찌른다. 종량제 쓰레기 봉투 쓰는 것까지 따지고 드는 원장이 한 달 치 고시원비 빠뜨린 일을 어떻게 그냥 넘어갈 수 있겠는가. 퇴실 결정을 번복하며 나중에 재등록했던 학생 건을 깜빡한 것이다. 경상도 지방의 듣도 보도 못한 이름의 대학을 다니다 휴학하고 이곳 노량진으로 흘러들어온 촌뜨기였다.

—보따리 쌀라꼬예. 부모님도 자꾸 눈치 주시고. 공무원 시험공부를 꼭 여게서 해야 하는 것도 아이고. 걍 서울 함 와보고 싶었는 기라예.

억센 사투리에 들쭉날쭉한 억양으로 말하던 촌놈이 이틀 뒤 말을 뒤집었다.

—울 엄마가 이왕 시작한 거 끝까지 함 해보라 캅디더, 겟

돈 땡기서 낼모레 부쳐준다민서.

기대와 의욕, 꼭 그만큼의 부담이 얹힌 목소리였다.

—그란데 우야마 행님처럼 집에 손 안 벌리고 공부할 수 있십니꺼.

무슨 돈인지 꾸깃꾸깃 주름진 만 원짜리 지폐를 수북하게 내밀면서 녀석이 물었다. 내 자리를 넘보는 듯한 말에 나는 시침 뚝 떼고 돈만 헤아렸다. 돈을 아래쪽 서랍에 챙겨넣고 예상문제집을 펼칠 때까지도 녀석은 눈치 없이 접수대 앞에 뭉그적거리고 있었다. 배달 아저씨 어깨에 실린 생수통에 밀려서야 녀석은 눈앞에서 사라졌다. 그때 선심 쓰듯 이 자리를 넘겨주고 떠났어야 했는데, 후회가 스멀거린다.

"한두 푼도 아니고 삼십만 원씩이나. 내가 이거 모르고 지나쳤어봐라……"

이건 대놓고 사람을 의심하는 말 아닌가. 갑자기 행주 삶은 물을 들이켠 기분이다.

"그 머리로 어떻게 시험 볼 생각을 하냐. 아무리 9급이라지만."

늘상 듣는 비아냥이 흉기로 돌변한다.

"씨발, 저 변태 새끼 저거."

반사적으로 내뱉은 말에 원장이 눈을 동그랗게 뜨고 나를 쳐다본다. 나는 재빨리 모니터를 가리켰다. 문제의 사내가 여학생 전용 층인 사층에 나타난 것이다. 원장은 떨떠름한 표정으로 모니터 화면에 시선을 꽂는다. 검정색 잠바에 검은 목도리까지 두른 놈은 웬일인지 이번엔 얼굴을 쳐들고 카메라를 빤히 올려다본다. 무슨 속셈인지 손까지 흔들어 보인다. 스포츠 중계 때 관중석 카메라 앞에서 알짱거리는 조무래기 같은 모습이다.

"저 새끼 저거 진짜 미친놈이네. 내 저걸!"

자리를 박차고 일어나 사무실을 뛰쳐나간다. 원장한테서 멀어진다는 것만으로도 숨통이 트이고 몸이 날아갈 것 같다. 수상한 놈도 미친놈도 아닌, 구세주를 만나러 가는 기분이다.

단숨에 여학생 전용 층까지 올랐다. 숨이 턱까지 차오른다. 숨을 고르고 마음을 가라앉힌 다음 주변을 살펴본다. 사내는 오간 데 없다. 24시간 켜져 있는 형광등 불빛만이 복도를 훤히 비추고 있다. 정지한 화면을 보는 느낌이다. 기다란 T자형 복도가 클로즈업 화면으로 다가선다. 좁고 긴 복도를 사이에 두고 서로 마주보고 늘어선 수십 개 방들의 굳게 닫힌 문들. 사내는 이 문들 중 하나로 사라진 것일까. 아니, 그럴 가능성은 없다.

방문은 개미 한 마리 기어들 틈도 없도록 늘 이렇듯 완강하게 닫혀 있다. 단단히 채워진 철제 지퍼 같다. 문들은 이 좁은 복도를 이루는 벽이나 다름없다. '이것은 문이 아니다.' 그 사실을 증명해 보이기라도 하듯 문은 묵묵히 굳건하게 버티고 있다. 눈앞의 417호에서 시작해 안쪽으로 가면서 일정한 간격으로 숫자들의 띠가 문을 동여매듯 둘러싸고 있다. 415, 413, 411, 409, 407, 405, 403……

방 앞에 놓인 실내화들이 복도 바닥을 따라 늘어서 있다. 때가 꼬질꼬질 묻은 무채색에 가까운 그것들은 먹이를 찾아가는 갑충류 무리 같다. 실내화를 피해가며 조심조심 걸음을 옮겨놓는다. 이 복도를 지나다닐 땐 '걷는다'보다는 '기어간다'는 말이 더 어울린다. 먹이를 향해 길고 지루한 행렬을 이어가는 갑충들처럼 이 세계에 들어서면 누구든 몸을 한껏 낮추게 된다. 겸손해져서라기보다는 생존 본능에 가까운 자세가 자연스레 나오는 것이다. 그렇게 온몸으로 나아간다. 가물가물 보일 듯 말 듯한 목적지를 향해……

T자형 복도 교차 지점에 멈춰 선다. 좌우 복도와 가운데로 길게 뻗은 복도를 번갈아 둘러본다. 사내의 흔적은 역시 찾아볼 수 없다. 비집고 들 틈을 찾지 못한 사내는 이곳에서 오르락내리락하다가 결국 포기하고 이 건물을 나간 것일까. 다시 층을 내려가며 살펴본다. 삼층, 이층, 일층, 지하까지. 모니터의 사내는커녕 이 많은 방을 차지하고 있는 어느 누구의 그림자도 비치지 않는다. 숨바꼭질이라도 하듯 다들 꼭꼭 숨어 있다. 아차, 한 군데 빠뜨렸다. 건물의 맨 끝, 옥상!

다시 계단을 오른다. 일층, 이층, 삼층…… 옥상 문을 열자 차가운 공기가 할퀴듯 달려든다. 허연 시멘트 바닥이 늘어져 있다. 그 위로 녹슨 운동기구가 여기저기 흩어져 있고, 말라 비틀어진 줄기만 남은 화분이 난간을 따라 늘어서 있다. 사내는 이곳에도 없다. 추리닝 바지에서 담배를 꺼낸다. 불을 붙인 담배를 물고 고개를 드니 어느새 하늘 한켠이 오렌지빛으로 물들고 있다. 하늘을 향해 길게 담배 연기를 내뿜는다. 연기는 메마른 겨울바람에 이내 흩어진다. 옥상 난간에 기대서서 아래를 내려다본다. 거리에도 어스름이 내리고 있다. 근처 학원에서 수업이 끝났는지 수강생들이 쏟아져나오고 있다. 그들은 보도 앞쪽에 늘어선 포장마차나 전철역 입구, 또는 주변 골목으로 밀려들면서 이 고시촌에서 자신들의 동선을 또렷이 그려 보인다. 각자의 목적지를 향해 행렬을 이룬 모습이 갑충류 떼 같다. 딱정벌레나 개똥벌레 같은. 그중 하나가 나다. 동료 무리를 바라보며 자신이 갑충류라는 자의식에 자꾸 빠져드는 한 마리 딱정벌레……

온몸이 으슬으슬해온다. 담배꽁초를 비벼 끄고 내려갈 준비를 한다. 여학생 전용 층을 지나고 삼층 계단을 내려선다. 헛것을 봤나? 그랬을 수도 있다. 원장이 와서 낡은 장부를 펴놓고 있으면 종잇장 갈피갈피에서 뇌세포를 좀먹는 바이러스라도 나오는지 생각이 딱 멎어버린다. 펼쳐놓은 수험서 책장은 더 이상 넘어가지 않고 나는 창고에 고양이와 함께 갇힌 생쥐처럼 필사적으로 빠져나갈 구멍만 찾게 된다. 이층 계단을 지난다. 어쨌든 지금쯤이면 원장도 떠나고 사무실이 비었을 것이다. 원장은 옆 동네에 또 하나의 고시원과 편의점 두 개를 운영하고 있다. 하루 두 차례 고시원과 편의점을 돌면서 매장 관리를 하거나 그날 매상을 체크하고 금고의 현찰과 유효기간이 막 지난 식음료를 챙기는 것이 그의 일이다. 둘러볼 곳이 많은 원장은 다행히 한곳에 오래 머물지 않는다.

사무실 입구에서 주춤했다. 웬일인지 원장이 아직 사무실에 머물러 있다. 그것도 누군가와 마주앉은 채다.

"승호야, 손님 오셨다."

원장이 나를 보고 소리쳤다.

손님이라야 으레 고시원 신청자건만, 사장의 호들갑이 별나다. 손님이란 작자가 등을 돌리며 나를 바라본다. 놀랍게도 모니터 속 사내다. 그가 목도리를 완전히 벗어내리자 나는 또 한 번 놀란다. 희고 매끈한 피부에 선이 고운 이목구비를 가진, 어릴 적부터 온 가족의 사랑을 독차지하며 자라온 삼대독자 외아들, 진구 외삼촌이다.

—외삼촌 떴다. 지뢰 밟지 않도록 조심.

며칠 전 외사촌 형이 보내온 문자 메시지가 떠올랐다.

"승호한테 이런 재미난 삼촌이 있는 줄 몰랐네."

원장은 목소리마저 딴 사람으로 변해 있다. 그뿐인가. 손수 커피까지 타서 손님을 접대 중이다. 이 놀라운 변화는 원장이 아니라 진구 삼촌의 타고난 친화력의 결과임을 나는 잘 알고 있다. 남녀노소 지위 고하를 막론하고 누구든 삼 분이면 친해질 수 있는 삼촌은 그새 돌하르방 같은 원장의 마음까지 사로잡은 것이다. 모진구. 삼촌 스스로의 이름 풀이에 따르면 모진구는 '모두에게 진정한 친구'의 약자다. 외가에서 나를 비롯한 열세 명의 조카들은 어릴 적부터 진구 삼촌을 '친구 삼촌'으로 불러왔다. '친구 같은 삼촌'이란 뜻이었으나 애석하게도 점점 '친구의 삼촌이었으면 좋겠다'는 의미로 바뀌어가고 있다.

"그럼 천천히 얘기 나누세요."

원장이 사무실을 나선다.

앓던 이가 빠져나가는 기분으로 나는 멀어져가는 원장의 뒷모습을 바라본다. 열아홉 살에 밭떼기 배추 장사를 시작으로 자수성가한 원장은 주변 고시원 주인 가운데서도 손꼽히는 알부자에 자린고비다. 상고 중퇴자인 그에게 공책 장부 대신 컴퓨터를 수차례 권해보았지만 돌하르방한테 잔소리 늘어놓는 격이었다. 구멍 숭숭 난 화산석 맷돌 같은 머리로 어떻게 돈을 벌었을까? 생각하면 할수록 수수께끼지만 너덜거리는 장부의 깨알 같은 숫자에서 틀린 걸 잡아내는 그의 숫자 감각만큼은 인정하지 않을 수 없다.

"너네 원장 멋지다. 요즘 세상에 이런 수기형 장부를 다 쓰고."

삼촌은 희귀 책자 들여다보듯 장부를 뒤적인다. 바퀴벌레를 보고도 더듬이의 예리한 움직임과 등딱지의 윤기에 감탄하며, 구더기한테서도 주름의 일정한 간격에 놀라워할 사람이 바로 진구 삼촌이다. 철부지 아이 정서에 소녀 취향으로 절묘하게 조합된 서른여섯 살 남자의 친화력과 유연성은 상상을 초월한다.

"필체도 참 특이하네. 숫자 8을 이렇게 쓰는 사람은 첨 봤어. 꼭 눈사람 같지?"

삼촌이 장부를 내 코앞에 들이민다. 무슨 눈사람 옆구리 녹아내리는 소린가 싶다. 이딴 졸필을 가지고 말이다. 원장도 삼촌의 이런 무한한 긍정의 힘에 홀딱 넘어갔을 것이다.

"그나저나 삼촌, 나 여기 있는 줄 어떻게 알았어?"

내가 따지듯 묻는다.

답을 몰라서가 아니라 문제의 심각성 때문이라는 건 삼촌도 모를 리 없다. 삼촌은 커피 맛 운운하며 대답을 어물쩍 피해간다. 외사촌 형한테서 단단히 다짐이라도 받은 모양이다. 내 속사정을 알고 있는 유일한 사람이 사촌형이다. 적성에 맞지 않는 학과로 고민하던 내게 선뜻 공무원 시험을 권했던 이가 그였으니 나에 대한 부담이 적지 않을 터였다. 이번 시험에서 그는 합격의 영광을, 나는 탈락의 고배를 마셨다.

"승호 너, 아이슬란드라는 나라 혹시 들어봤냐?"

삼촌이 슬쩍 화제를 돌린다.

추운데 무슨 얼어 죽을 아이슨지 빙수 나라 타령이람. 나는 삼촌을 한번 흘겨볼 뿐 대꾸조차 않는다. 삼촌이 낯선 나라 얘기를 꺼내면 그건 '안 봐도 동영상'이다. 불치의 방랑벽이 도진 것이다. 이곳에 나타난 이유도 뻔하다. 여행 경비 마련, 그것이 목적일 테지. 설마 어린 조카한테, 그것도 고시원 총무로 일하는 휴학생한테…… 혹자는 고개를 갸웃하겠지만 외가 쪽 정서를 알면 이해 못할 것도 없다. 9남매의 막내, 그것도 삼대독자 외아들인 삼촌의 존재는 외가 식구들에겐 상식이나 통념 따윈 가볍게 넘어선다. 탯줄에서 떨어져나오면서 삼촌은 평민 집안을 왕실로 만든 일등 공신이었다. 삼촌이 태어나자 외할아버지는 세상에서의 당신 소임은 다했다는 듯 이내 하늘나라로 가셨다. 돌이 되기도 전에 삼촌은 왕세자에서 왕좌에 올랐으며 친모와 여덟 명의 누나는 기꺼이 궁녀 또는 무수리 역을 맡았다. 그에 대해 남존여비니 불평등이니 따지고 드는 건 돌하르방에다 염불하는 격이다. 외가에서 삼촌은 '우월'을 넘어선 '초월'적 존재, 다시 말해 인격이 아니라 신격에 가깝다. 그나마 다행이라면 그런 존재가 '군림' 또는 '권위'와는 거리가 멀다는 점이다. 지적 미숙아 같은 천진함이 뚝뚝 묻어나는 삼촌은 피붙이들한테서는 모성애나 다름없는 보호본능을, 어린애들에게는 친구 감정을 불러일으킨다. 그렇다고 삼촌이 지적 능력이 떨어진다는 건 아니다. 외가 쪽 말로는, 젖먹이 때부터 신동 소릴 들을 정도로 총명하고 영특한 아이였단다. 단지 어른이 되고도 현실 감각은 전혀 익히지 못한, 피터팬증후군을 심하게 앓고 있을 뿐이다. 어쨌거나 동네 꼬마가 자기 손에 남은 마지막 초콜릿을 기꺼이 내놓을 수 있는 이가 진구 삼촌이다. 그래서인지 삼촌은 조카들을 아직도 그런 동네 코흘리개들과 착각하는 경향이 있다.

"이 고시원 엄청 크더라. 방이 백 개는 너끈히 돼 보이던데."

삼촌이 시시티브이 화면을 흘끗거리며 한마디 했다.

놀라운 눈썰미다. 방은 모두 103개다.

"내가 너네 원장이라면 평생 여행만 하면서 돌아다닐 텐데……"

"하느님이 그걸 눈치채신 거겠지."

내가 받아쳤다.

"승호 너, 되게 시니컬해졌다."

삼촌이 내 눈치를 살피며 대꾸한다.

"삼촌도 고시원 총무 노릇하면서 9급 공무원 시험 준비 한번 해봐. 그러다 보란 듯 미끄러지고 나면……"

더 말해 뭣하랴 싶어 얼버무렸다. 이런 지질한 이야기를 삼촌한테 하다보면, 동네 어린애한테 신세 한탄 늘어놓는 기분이 들어서다.

"공무원 시험공부 그거, 재밌어, 9급?"

'9급'을 유난히 강조하며 묻고 난 삼촌은 책상 위에 놓인 수험서를 장난감 만지듯 들춘다.

"무슨 공부를 재미로 해, 그것도 취직시험 공부를?"

어른이 어린애 나무라듯 쏘아붙였다.

"승호 너, 진짜 어른 다 됐구나. 재미없는 일도 내색 않고 해내고, 대단하다."

삼촌은 부러운 시선으로 나를 쳐다본다. 진심인지 립서비스인지 헛갈려하며 나는 삼촌의 시선을 피해 눈길을 딴 데로 돌린다. 한쪽 벽에 덩그러니 걸린 원형 벽시계가 눈에 들어온다. 초침이 다각다각 얕은 숨소리를 내며 쉬지 않고 움직여간다.

내내 쏘아붙이긴 했어도 이 고시원 사무실에 철부지 삼촌과 함께 있는 기분은 뭐랄까, 삭막한 사무실에 배달되어 온 공기정화용 화분과 마주하고 있는 느낌이랄까. 원장이 염장 지르고 간 뒤라 화분의 정화 효과는 놀랍도록 컸다.

삼촌은 어느새 빈 종이컵을 만지작거리기 시작했다. 주의력 산만한 아이처럼 잠시도 가만히 있질 못한다. 여자처럼 희고 가느다란 손가락의 긴 손톱으로 접착 부분을 떼어내고 펴고 하더니 컵을 종잇장처럼 펼친다. 공작 놀이 시간의 유치원

생처럼 진지하고 열성적이다. 그 종이를 다시 양 겹으로 조심스레 벗겨 나눈다. 손이 얼마나 곱고 손놀림이 세심한지 '섬섬옥수'라는 말이 떠오를 지경이다.

"형, 저 왔어요."

마침 교대할 친구가 나타났다. 7급 준비 수험생이다. 중학생 때부터 고학으로 살아온 그는 상고를 졸업한 은행원 출신으로 지금도 독립심만큼은 특급 수준이다. 7급은 골목 입구에서 샀다며 따뜻한 기운이 묻어나는 붕어빵 봉지를 내민다. 출출하던 차라 유혹을 이기지 못했다. 붕어빵 하나가 혀끝에서 녹아내리듯 사라졌다. 아쉽지만 거기서 끝냈다. 7급의 저녁이란 걸 알기 때문이다. 이렇게 허기를 면한 그는 사장이 밤늦게 편의점에서 가져온 유효기간 막 넘긴 삼각김밥이나 샌드위치로 저녁을 대신한다.

"이거 마저 드세요."

7급이 마지막 남은 붕어빵을 삼촌에게 건넨다.

그의 속사정을 알 리 없는 삼촌은 덥석 받아서 게눈 감추듯 해치운다.

"이건 내 선물."

삼촌은 빈 붕어빵 봉지 위에다 종이컵을 펼쳐 만든 걸 올려놓는다. 어른 엄지손가락만한 크기의 종이새 두 마리다. 종이컵 바깥 면의 컬러 프린트까지 계산해서 접은 오렌지와 흰색

한 쌍. 앙증맞은 선물에 7급 녀석도 삼촌한테 홀라당 넘어가는 눈치다.

"어떻게, 제 여친보다도 잘 접으셨네요."

7급이 말한다. 짜식 구라는. 지금의 녀석한테 여자 친구란 꿈도 못 꿀 일이다. 시간과 돈은커녕 마음의 여유도 없는 처지에 연애는 무슨 연애란 말인가. 그는 모든 걸 시험 합격 후로 미뤄놓았다. 취미 생활도 친구 사귀기도 고향 찾기도 연애도 음주도……

—밥도 한 끼 놓치면 그거, 평생 못 찾아 먹어. 알아?

최장수 고시원생이 언젠가 술자리에서 술을 고사하는 녀석에게 한마디 했다.

—지금은 몸과 마음, 안팎으로 다이어트 중이거든요.

고시촌 골목 개들도 한다는 다이어트 핑계를 대며 7급은 끝까지 한 방울도 마시지 않았다.

그런 다이어트는 7급, 혹은 동네 개들 일인 줄 알았다. 적어도 열흘 전까지는.

—나, 모레, 호주로 어학연수 가.

시험에 미끄러지던 날, 위로나 받을 겸 찾아간 여자 친구한테서 나온 첫마디였다.

여느 때 같으면 '야, 그런 일을 어떻게 남자 친구 시험 떨어지고 온 날 아파트 놀이터 그네에 앉아서 하냐?'라며 유행하는 개그 멘트로 받아쳤을 것이다. 하지만 결별 통보처럼 들리는 말에 나는 순간적으로 격분했다.

—그런 일을 어떻게 떠나기 이틀 전에 말해?

그네의 쇠줄 소리가 무색할 만큼 거칠고 큰 목소리였다.

—신경쓰이게 하고 싶지 않았을 뿐이야. 선배가 내 인생 책임져줄 것도 아니고.

여자 친구는 나와 비교될 만큼 차분하고 냉정한 어조였다.

휴학에다 시험 준비로 그동안 여자 친구에게 소홀했던 건 사실이었다. 그렇다고 해도 일 년 가까이 공개적으로 사귀어 온 캠퍼스 커플 아닌가. 분노와 배신감, 아니 그보다 더한 열패감에 사로잡혀 나는 도망치듯 그곳을 벗어났다. 공항에 배웅도 나가지 않았다. 작별 인사도 없이 여자 친구는 서울을 떴다. 그리고 지금껏 메일 한 통 없다. 얼어붙은 마음에 몸까지 멀어졌으니 그다음은 불 보듯 뻔한 일이 되어버렸다.

"승호야, 네 방 구경 좀 시켜주라."

삼촌의 요청에 사무실을 나선다. 신입 원생 안내하듯 앞장서서 지하 계단을 내려선다. 복도는 여느 때처럼 잠잠하다. 복도를 지나는 내내 삼촌이 얘기를 늘어놓는 바람에 나는 연신 손가락을 입술에 올려놓으며 주의를 주어야 했다. 복도 맨 끝에 있는 내 방에 다다르자 나는 서둘러 삼촌부터 밀어넣었다. 맨 구석방이라 소리만큼은 자유롭다. 전등 없으면 매몰된 갱 속이나 다름없는 곳이건만 사장은 내게 이 방을 처음 제공할 때 지하층 최고의 스위트룸이라며 온갖 생색을 냈다.

"수저통 속 숟가락처럼 다들 머리를 이쪽으로 하고 눕겠구나."

삼촌은 침대에 드러누웠다.

"자, 수저 받침대."

베개를 삼촌 목 밑에 밀어넣고 나는 방바닥에 눕는다. 손님이 오면 취하는 자연스런 자세다. 차고 딱딱한 바닥에 누워 천장을 멀뚱멀뚱 바라보고 있으니 영화 속 등장인물이라도 된 기분이다. 식민지 여행에 나선 백인 귀족이 비에 젖어 질척거리는 땅을 건너야 할 때 원주민 남자가 진흙 바닥에 납작 엎드려 징검다리가 되어주던 장면. 밑에 깔린 원주민 남자는 나, 남자의 등을 딛고 걷는 백인은 외삼촌, 그런 익숙한, 부당하고 억울한 도식이 그려진다.

"완벽하게도 짜맞추었네. 꼭 우주선 타고 있는 기분인걸."

삼촌이 다리를 책상 한쪽 구석으로 뻗으며 말한다.

그 말이 방 안을 맴돌자 신기하게도 나까지 우주선을 탄 기분이다. 원주민 남자가 우주선 비행사로, 차가운 바닥이 무중력의 공간으로 바뀐다. 삼촌은 팍팍한 현실을 단번에 판타지 모드로 바꿔놓는 재주가 있다. 우주에 만든다는 정거장 공사는 어떻게 되어가고 있을까? 잊고 있던 궁금증까지 되새기며 한동안 낯선 별 사이를 유유히 떠다닌다.

"승호 너, 지난 학기 휴학했다면서."

우주선이 지구의 시멘트 바닥에 거칠게 불시착한다. 그건 엄마 아빠도 모르는 극비 사항이다.

"빨리 졸업하는 게 낫지 않아? 먹기 싫은 것부터 먹어치워야 남은 식사 시간이 즐거워지지."

삼수생에 그친 삼촌의 말이니 귀담아들을 이유는 없다.

"난 대학 졸업장 필요 없어. 시험만 패스하면 돼. 빨리 자리 잡고 돈 벌 거야."

짐짓 냉정하고 단호하게 대꾸했다.

"햐, 네 나이에 그런 어른스런 생각을 다 하고…… 대단하다."

부러움과 감탄이 섞인 이 말은 어쩌면 비아냥일지도 모른다. 젊은 놈이 패기도 없이 왜 그리 현실적이냐는 지적일 수도 있다.

—남자가 무슨 꿈이 그렇게 소박해.

내 계획을 털어놓았을 때 여자 친구는 실망스럽다는 반응이었다.

엄밀히 따지면 그런 나의 태도에는 삼촌 영향이 없지도 않다.

—서른 넘어서도 철 안 들면 그건 모자란 거야. 아니면 정신병이거나.

삼촌에 대한 아빠의 지적은 때론 신랄했다. 외가 쪽 정서에 반하는 말에 엄마도 처음에는 심한 거부감을 보였다. 하지만 아빠의 지적은 차츰 설득력을 얻어 언젠가부터 외가에서도 그런 말이 공공연하게 나돌았다.

—너, 삼촌처럼 되려고 그래?

비현실적이거나 이상적인 의견에는 으레 그런 핀잔이 따랐다.

전설처럼 전해오는 이야기이긴 하지만, 삼촌도 삶의 밑바닥에 닿아본 적이 분명 있었다. 두번째 대학 입시에 낙방하고 실연까지 겹치면서였다. 사흘 밤을 꼬박 새며 고민한 끝에 삼촌은 결단을 내렸다. 학원비 챙겨들고 기숙 학원 대신 라즈니쉬와 크리슈나무르티의 나라 인도로 향한 것이다. 그곳에서 삼촌이 만난 건 구루가 아니라 국가 부도였다. 삼촌이 인도 여행을 하고 있을 때, 한국은 아이엠에프를 맞은 것이다. 그것이 삼촌에게는 횡재수였다. 여행 나설 때 팔백 원이던 달러 환율이 귀국할 무렵 이천 원으로 올라 있었다. 여행하고 남은 달러를 한국 돈으로 바꿨더니 처음에 챙겨들고 나섰던 돈보다 더 많았다고 했다.

"뭐든 일단 저지르고 봐야 해."

그 여행에서 삼촌이 깨우친 중요한 교훈의 하나다.

그의 인도 여행은 여행기로 결실을 맺었다. 그 책은 암울한 사회적 분위기를 타고 비소설 분야 베스트셀러에 오르기도 했다. 행운은 꼬리를 물어 삼촌은 돈과 명예에 여대생 독자와의 연애 건수까지 덤으로 생겼다. 그때 삼촌은 대학 진학을 깨끗이 포기하고 여행작가의 길로 나섰다.

—그 첫 행운이 결국 삼촌 인생을 망조 들게 한 거라고.

아빠는 삼촌의 여행담에 매료되어 있는 나를 번번이 일깨웠다. 그의 여행담이 내겐 찜질방 불가마에서 막 나와 마시는 냉식혜 같은 때가 있었다. 언제부턴가는 현실에 대한 도피 또는 과거에 대한 향수처럼 한심하게 들리기 시작했지만……

"승호 너, 저번 학기 휴학했으면, 등록금 그대로 남았겠다?"

나는 다시 긴장했다. 설마 삼촌이 그걸 노리고? 하면서도 의구심을 떨칠 수 없었다.

"그건 왜?"

나의 거친 반문에 삼촌은 천장만 멀뚱히 올려다보았다.

"엄마 아빠가 어떻게 마련해준 돈인데 내가 그걸 쉽게 손댈 것 같아?"

나는 삼촌이 헛물켜지 않도록 단단히 쐐기를 박는다. 그걸 노리고 있다는 것 자체가 한심하고 실망스러움을 넘어 배신감마저 들었다. 나의 까칠한 반응에 놀랐는지 삼촌도 더는 언급이 없다. 우주선을 탄 것 같던 기분은 오간 데 없다. 썰렁한 분위기와 고요가 한동안 좁은 공간을 떠다닌다.

첫 여행서가 히트한 후로 삼촌은 본격적으로 여행에 나섰다. 그 후로도 두어 권의 여행기를 더 냈지만 반응이 신통찮았다.

시장의 논리란 더없이 과학적이고 냉혹한 것이어서 출간 의뢰도 뚝 끊겼다. 그리고 지금껏 반백수 생활이나 다름없다.

"바닥에 너무 오래 엎드려 있었어."

집 나서기의 결정적 명분이 되는 말이다. 예전엔 삼촌이 여행에 나서겠다고 하면 가족회의가 소집되고 여덟 누이가 기꺼이 경비를 갹출해 내놨다. 삼대독자 외아들 보살피기, 그건 외가 식구들에게 최우선 과제이자 인간적 도리라는 뿌리 깊은 가풍이 있었다. 그때까지만 해도 삼촌은 선택받은 삶이나 다름없었다. 하지만 이제는 조카들까지 요주의 인물로 보기 시작한 집안의 애물단지로 전락했다.

"승호야."

나직하면서도 간절한 부름이다. 못 들은 척하면서도 다음 말에 호기심이 쏠렸다.

"이 베개 너무 높고 딱딱해, 딴건 없어?"

가당찮은 투정에 나는 벌떡 일어나 앉는다. 거친 손놀림으로 베개를 삼촌한테서 빼낸다. 그리고 내가 그걸 베고 눕는다. 진작 이렇게 할걸. 베개 하나가 온몸에 온기를 불어넣는 느낌이다.

"그거 없으니까 한결 편하다야."

삼촌은 후련해하며 뒷목을 쓰다듬는다.

더 이상 말도 섞고 싶지 않다. 이 불편, 부당한 상황을 벗어

나는 방법을 떠올려보지만 뾰족한 수도 없다. 잠이나 청하자. 눈을 감는다. 매몰된 갱 속에 누운 기분이다. 고요가 독가스처럼 깔린다. 그것은 바닥에서부터 서서히 차올라 나를 뒤덮는다. 몸이 나른해온다. 머지않아 나는 질식당할 것이다. 의식이 가물가물해온다. 뭔가 무거운 것이 나를 짓누른다. 깨어나려 하지만 깨어날 수 없다.

"인도 여행이 왜 좋았는지 알아?"

삼촌이 나를 일깨운다. 정신이 번쩍 든다. 병 주고 약 주고, 역할도 변화무쌍하다.

"처음으로 내 힘으로 모든 걸 해봤거든. 누구의 도움도 없이 나 혼자서……"

피식 웃음이 난다. 사람들이 걸음마 떼고부터 하는 걸 삼촌은 스무 살 때 처음으로 해봤다는 말 아닌가.

"처음으로 어른이 된 것 같았어."

뿌듯해하는 목소리. 하지만 내겐 넋두리처럼 들린다.

"넌 워낙 어른스럽고, 일찍부터 철이 들어서 그런 거 잘 모를 거야."

"어른스럽긴, 그건 삼촌 생각이지. 삼촌이 워낙……"

아차 싶어 말을 얼버무렸다.

"어른이 된다는 거, 그거 신나지만 힘든 일이야. 슬픈 일이기도 하고……"

손발 오그라들게 하는 맑고 촉촉한 삼촌 특유의 목소리가 차츰 마력을 발휘해 가슴을 적셔온다.

외가 쪽 분위기는 삼촌에겐 축복이자 저주였다. 어른이 될 기회가 주어지지 않았다. 삼대독자에 대한 기대와 과잉보호로 삼촌은 나면서부터 생존력을 상실당해온 셈이다. 그러니 지금의 처지는 자신의 잘못만도 아니다. 어쩌면 삼촌은 피해자일 수 있다. 아니, 그렇다고 전적으로 면죄부가 될 수도 없다. 어쨌거나 어엿한 성인인 그는, 스스로의 삶의 주인이자 책임자 아닌가. 누가 그의 삶을 대신해줄 수 있는 게 아니다. 앞으로는 더더욱.

무심코 삼촌에게 향하던 눈길을 깨닫고 나는 시선을 거둔다. 그것만큼은 피해야 한다. 초식동물 같은 삼촌의 맑고 촉촉한 눈, 거기다 슬픈 기색이면 그건 블랙홀이나 다름없다. 그런 눈에 한번 빠져들면 그를 제외한 세상 모든 것이 가해자처럼 보이고 그를 위해서라면 기꺼이 심장이라도 바치고픈 마음이 되어버리는 것이다. 현실을 직시하자. 삼촌은 침대 매트리스에 누웠지만 나는 맨바닥이다. 바닥의 딱딱하고 찬 기운이 등으로 전해온다. 무엇보다 지금은 삼촌이 아니라 내 코가 석 자다. 생각이 거기에 미치자 미뤄두었던 내 문제들이 썰물처럼 밀려든다. 낙방한 시험, 떠나버린 여자 친구, 복학 문제, 거기다 빌어먹을 원장 생각까지 겹친다. 가족들한테 언제까지 비밀로 해야 할지, 이 고시원 생활은 또 얼마나 견딜 수 있을지……

"삼촌, 나야말로 지금 바닥 중의 바닥이라고. 알아?"

참고 참았던 말이 마침내 흘러나온다.

"……"

그르르 그르르. 코고는 소리만 메아리처럼 들려온다.

* * *

갑충류의 벌레 떼가 줄지어 간다. 침대 모서리를 지나 다리를 타고 내려와 바닥으로 기어든다. 어디로 가는 걸까. 놈들의 목표물은 거대한 동물의 몸이다. 자세히 보니 그건 짐승의 사체가 아니라 사람의 몸이다. 어깨, 머리, 몸통, 가리지 않고 기어올라 놈들은 몸을 완전히 뒤덮었다. 거대한 인체는 이미 갑충 떼들에게 까맣게 점령당했다. 귀와 콧속을 파고들어 놈들은 내장까지 파먹는다. 대체 이 끈질긴 벌레 떼는 어디서 나오는 것일까. 문은 빈틈없이 닫혀 있다. 놈들 행렬을 거꾸로 좇는다. 침대 다리를 지나 매트리스 모서리를 지나 책상으로 이어진다. 그 위에 낯선 화분 하나가 놓여 있다. 공기정화용 식물이 담긴 하얀 도자기 화분. 갑충 무리는 거기서 기어나오고 있다. 작은 화분 어디에 그렇게 많은 벌레 무리가 깃

들어 사는지 놈들은 끝도 없이 기어 나오고 있다. 먹이를 향한 놈들의 공격은 집요하다. 몸통과 팔다리를 먹고 내장기관까지 말끔히 해치운다. 거대한 먹잇감은 마침내 새끼발가락 발톱 조각으로 남는다. 완전한 소멸을 앞둔 보잘것없는 몸 한 조각. 그 발톱 조각이 어느 순간, 공격자였던 벌레로 변한다. 새로운 생명체로 화한, 매끈하고 단단한 외피에 싸인 작은 갑충 한 마리. 놀라운 변신이다. 그것은 무리들 틈에 끼어 바닥을 기어다닌다. 이리저리 이 구석 저 구석으로. 그러다 문득 발견하는 출구. 놈은 슬금슬금 무리에서 떨어져나온다. 재빨리 출구를 향한다. 좁은 문틈을 가까스로 비집고 나온다. 눈앞에 복도가 비행장 활주로처럼 펼쳐져 있다. 거대한 지하세계로 놈은 점점 나아간다. 놈은 복도 가운데쯤에서 활짝 날개를 펴고 날아오른다. 개똥벌레처럼 빛을 발하며 훨훨.

눈을 떴다. 벌레 떼도 도자기 화분도 보이지 않는다. 서늘하고 딱딱한 바닥의 감촉만 생생하다. 꿈이었나. 간신히 바닥에서 몸을 일으킨다. 몸부터 살펴본다. 언제나처럼 멀쩡하다. 침대 위를 본다. 삼촌이 없다. 혹시 놈들의 공격에? 그럴리 없다. 벌레 떼에 뒤덮이긴 했지만 확실히 삼촌보다는 크고 육중한 사내다운 몸이었다. 오히려 내 몸에 가까웠다. 등골이 서늘하다. 잠을 털고 일어난다. 문 쪽으로 향하는데 허공에서 시커먼 그림자가 덮쳐온다. 놀라 뒷걸음질부터 친다. 찬찬히 살펴보니 새다. 종이로 만든 새. 천장에 매달린 그것은 제비가 날개를 펼친 것만큼이나 크다. 날개 쪽에 '벼룩시장' 로고와 커피 얼룩이 비친다. 가뜩이나 좁은 방에 새까지. 짜증이 치민다. 떼어버리려 손을 뻗다가 슬그머니 내린다. 새의 날개가 사뭇 위협적이다.

방을 나서다 또 주춤한다. 실내화가 없다. 주위를 둘러보니 내 방 앞의 실내화뿐 아니라 다른 방도 마찬가지다. 지하 복도 어디를 둘러봐도 실내화 한 짝 보이지 않는다. 꼬질꼬질한 그것들이 사라진 복도는 말끔하다기보다 휑하고 허전하다. 닫힌 문들이 이루는 벽, 그리고 휑한 바닥이 만들어내는 복도는 삭막한 콘크리트 구조물에 지나지 않는다. 꼬질꼬질하고 냄새 나는 그걸 누가 훔쳐갔을 리는 없고…… 맨발로 복도를 지난다. 찬 기운이 발바닥으로 전해와 몸이 으슬으슬하다. 닫힌 문들끼리 데면데면 마주하고 있는 복도, 이 좁고 긴 복도는 쪽방 주인들의 숨구멍 통로다. 중환자실 환자의 호흡을 위한 공기 주입 호스 같기도 하다. 숨이 컥 막힌다. 아직 꿈을 꾸고 있나? 손등을 꼬집어본다. 분명 꿈은 아니다.

그가 모니터 화면에 다시 잡히기 시작했다. 여섯 칸의 화면을 옮겨가며 한나절 내내 어지럽게 비친다. 지하에서 여학생 전용인 사층, 공동 휴게실까지 쉴 새 없이 오간다. 사무실에 앉은 내가 아니라 그가 나를 감시하고 있는 것 같다. 체험을 위한 현장에라도 뛰어든 듯 이곳의 궂은일을 도맡아 하며 자기 자리를 만들어가고 있다. 가히 살신성인의 자세다. 복도를 오가며 실내화를 정리하고 바닥의 휴지를 줍고 물품을 정돈한다. 지난 실내화 사건의 주범도 그였다. 실내화는 이튿날 제자리로 돌아왔다. 드럼세탁기에 들어가 섬유 유연제와 함께 코스별 세탁을 마친 그것은 라벤더 향을 머금고 해끔한 모습으로 지하 복도 바닥에 다시 놓였다. 땟국을 완전히 벗고 방문 앞마다 다소곳이 놓인 그것은 복도를 산뜻하게 바꾸어 놓았다.

—고시원이 밑바닥부터 바뀌는구나.

원장도 그에게 완전히 넘어갔다. 총무 방에 더부살이하는 잉여의 존재라는 건 아무 문제도 되지 않았다. 아니, 그 잉여의 존재는 삼촌이 아니라 나인 것처럼 보였다. 원장은 삼촌 몫으로 편의점에서 유효기간이 한참이나 남은 신선한 먹거리까지 챙겨오기 시작했다. 7급, 어리바리한 경상도 촌놈, 최장수 원생까지 삼촌 라인에 섰다. 불과 사흘 만의 일이다.

"삼촌, 나 시험 준비로 고시원 생활 하는 거야. 집중해야 한다고."

시험을 무기 삼아 노골적으로 부담을 준다.

"그래서 조금이라도 너한테 보탬이 되려는 건데……"

삼촌이 서운해하며 말한다. 사실 나를 위한 그의 정성 어린 서비스도 놀랍다. 커피를 타주고 때맞춰 김밥을 사다주고 내 방을 말끔히 청소해놓는다. 책상 위에는 자그마한 다육식물 화분까지 올려놓았다. 그는 진정성을 보이려 하지만 그 속셈을 내가 모를 리 없다.

"혼자 생활하기도 숨막히는 곳이라고 여긴."

좁은 공간까지 들먹이며 삼촌을 압박한다.

하소연을 가장한 내 협박을 삼촌은 이내 받아들였다. 내가 방에 머무는 동안은 사무실로 자리를 옮겨갔다. 7급을 대신해 야간 근무를 서기도 했다. 문젯거리가 생기면 특유의 순발력으로 해결하고 빠져나간다. 손톱만한 빌미도 주지 않는다. 하지만 삼촌의 게임이 그리 오래가지 못할 거라는 걸 나는 잘 알고 있다. 새 장난감에 쉽게 싫증을 내는 어린애처럼, 기껏해야 닷새, 길면 일주일일 거다. 그전에 자신의 목표를 이룰 거라고 생각할 테지…… 어림없다. 나도 이전의 내가 아니다.

지하 복도 카메라 앞에서 그가 환하게 웃어 보인다. 브이자도 그려 보인다. 위문 공연이 아니라 심리 작전이다. 현승호, 그만 두 손 들지, 그래? 넌 언제나 내 편이었잖아. 오기 부려봤자야. 어쩔 수 없이 넌 여리고 소심하고 우유부단한 성격의 내 조카야. 우린 떼려야 뗄 수 없는 혈연관계라고. 세뇌이자

일종의 압박이다. 하지만 호락호락 넘어갈 내가 아니다. 나도 웬만큼 세파에 시달린 몸이다. 군대도 갔다 왔고 실연도 해봤고 시험에 낙방도 해봤다. 고시원 생활도 반년이 넘었다. 7급 말로는 고시원 생활 육 개월은 군 생활 일 년과 맞먹는다고 했다. 국방부 시계처럼 고시원 시계도 느릿느릿 끈질기게 흐른다.

"모처럼 술이나 한잔할까요?"

7급이 놀라운 제안을 했다. 합격자 발표가 있던 날이었다. 녀석이 또 한 번의 고배를 마신 것이다. 단번에 위로의 술자리가 마련되었다. 7급이 술 마시는 걸 다들 놀란 눈으로 지켜보았다. 녀석은 생각보다 술이 셌다. 소주 두 병을 비운 그는 삼촌의 무릎에 쓰러져 눈물까지 흘렸다. 그런 7급을 보며 고시원 최장수생이 쯧쯧 혀를 찼고 원장은 젊은 놈이 그깟 일로 좌절한다고 일장연설에 가까운 잔소리를 늘어놓았다. 원장이 3차까지 쏘는 바람에 마르고 닳도록 울궈먹은 그의 밭떼기 채소상 시절 배추값 폭락 얘기가 줄기차게 이어졌다. 지겹도록 길었던 술자리는 위로 술자리가 아니라 극기 훈련장 같았다.

사람들이 권하는 술을 꼬박꼬박 다 받아 마신 삼촌은 얼굴이 장밋빛이었다. 한 송이 장미 같은 얼굴이 남의 집 담벼락에 걸쳐져 있으면 딱이겠다 싶었지만 그는 기어이 고시원 내

방으로 따라붙었다. 취기에 어눌한 몸놀림에도 그는 동물적 감각으로 침대를 먼저 차지했다.

"제2의 아이엠에프는 언제나 올까."

침대에 널브러진 삼촌이 천장을 바라보며 던진 첫마디였다. 그 순간 삼촌이 가려던 여행지가 퍼뜩 스쳤다. 아이슬란드! 쿨한 이름의 그 나라는 바로, 몇 년 전 금융 위기 때 완전히 거덜 난 나라 아닌가. 그러니까 삼촌은 제2의 아이엠에프를 바라고 있는 것이다. 술이 확 깨는 기분이다.

"그런 허황된 생각 말고 마음 다잡고 살면 좀 안 돼?"

취한 김에 거칠게 내뱉는다. 천장의 새가 훌쩍 저만큼 날아갈 정도로.

삼촌은 말이 없다. 천장의 새만 두 사내를 멀거니 내려다볼 뿐이다.

"누나 집 전전하며 살아봐. 조카애들도 독립해 나가고 없는 집을……"

바닥에 깔리듯 무겁고 처지는 목소리다. 그 읍소형 멘트가 취기에 젖은 가슴을 파고든다. 빈속에 들이켠 소주처럼 빠른 속도로 심장을 점령해간다. 짜르르 속이 뜨거워진다.

날아. 날아가. 새가 부추긴다. 그는 날고 싶어한다. 허황되고 누구에게도 환영받지 못하는, 하지만 스스로에게는 너무도 절실한 꿈. 새 중에서도 그는 철새과다. 때가 되면 남쪽 나라로 날아가야 하는, 그래야 생존이 가능한…… 그의 열망, 그의 절규가 나를 옥죄어온다. 조만간 나는 그에게 두 손 들고 말 것이다. 끈질기고 집요한 삼촌이라는 빚쟁이 앞에 나는 채무자로 전락할 것이다. 불안하다. 숨이 막혀온다. 아니다. 어림없다. 정신 바짝 차리고 이 말도 안 되는 상황에서 벗어나야 한다.

내 예상은 보란 듯 빗나갔다. 닷새, 기껏해야 일주일을 넘기지 못할 거라던 예상을 뒤엎고 삼촌은 열흘이 넘도록 고시원을 사수했다. 여전히 복도를 말끔히 정돈하고 내 방을 청소해놓고 갓 말아낸 김밥을 사다 날랐다. 놀라운 열정, 아니 생존력이었다. 무엇이 그를 이토록 단련시켰을까.

현금 인출기 앞에 섰다. 화면에 세계지도가 떠 있다. 환전 홍보용이다. 삼촌이 가고 싶어하는 나라를 가늠해본다. 그린란드 주변 어디쯤일 테지. 멕시코만류 영향으로 남쪽 해안은 온천지로도 유명하대. 삼촌 설명이 따르긴 했지만 위치만 봐도 몸이 으슬으슬하다. 유럽 대륙을 지나 동쪽으로 옮겨온다. 태평양이 보인다. 적도를 지나 더 아래로 내려가니 늙은 호박처럼 크고 펑퍼짐한, 여자 친구가 어학연수 가 있는 나라도 보인다. 공부 잘하고 있을까. 나쁜 년. 여태껏 메일 한 통이 없다.

카드를 내리 긋는다. 비밀번호를 누르고 '현금 인출'을 선택한다. 찌직찍찍찍찍— 휘리리리리— 세상 밖으로의 외출에 환호하듯 인출기 속 돈들이 아우성이다. 둥지 속 새끼 제비들 같다. 인출구가 입을 쩍 벌리며 돈을 토해놓는다. 숱한 사람을 거쳐온 손때 묻은 돈들이 두툼하게 집힌다. 거래를 계속하시겠습니까? Yes. 아까와 같은 동작이 반복된다. 찌직찌직찍찍— 휘리리리— 소리가 빠르고 경쾌하다. 거래를 계속하시겠습니까? Yes. 거래를 계속……? Yes, Yes, Yes……

잠든 삼촌을 바라본다. 새벽녘에야 잠자리를 찾아든 그는 깊이 곯아떨어졌다. 어린애처럼 천진하고 편안한 표정, 하지만 코고는 소리만큼은 아저씨급 데시벨이다. 그가 나를 찾은 이유를 떠올려본다. '문득 네가 보고 싶어' 나섰다는 길, 나를 '위로하고 돕고 싶었다'는 그의 말이 진심이었을 거라고 믿는다. 일주일도 못 넘길 거라는 예상을 뒤엎고, 지금까지 그는 잘 버텨왔다. 탈출이 아니라 이제 적응을 모색하고 있는지도 모를 일이다.

잠든 그의 머리맡에 봉투를 살며시 내려놓는다. 그리고 방을 나선다. 익숙한 좁고 긴 복도 저 앞에서 개똥벌레 한 마리가 반짝이며 날아가고 있다. 발광체 길잡이다. 복도 끝 계단 앞에서 뒤를 흘끗 돌아본다. 지나온 복도가 길고 아득하게 펼쳐져 있다. 처음 그가 모니터 화면에 나타나던 때를 기억한다. 그는 분명 내게 구세주였다. 그의 머리말에 남겨둔 메모를 떠올리며 나는 고시원 현관을 빠져나간다.

고마워 삼촌. 내게 기회를 줘서.

정작 여행이 필요한 사람은 삼촌이 아니라 나라는 걸 깨달았어.

고시원 잘 부탁해.

소품

으슬으슬한 기운에 잠이 깼다. 어깨가 서늘하다. 이불을 끌어당겨 목 주위를 여미고 감싸보지만 별로 나아지는 기미가 없다. 이불을 더 파고든다. 이불 속도 영 미적지근하다. 매트리스 바깥으로 손을 뻗어 방바닥을 더듬어보지만 비닐장판 바닥도 온기라곤 느낄 수 없다. 보일러가 멈춘 모양이다. 잠들기 전까지만 해도 보일러는 잘 돌아갔다. 점화 소리가 주기적으로 신경을 긁어대곤 했으니까. 부싯돌 부딪치듯 '딱 딱' 두 번의 강한 마찰음에 이어 화르르 불길 번지는 소리가 이삼십 분 간격으로 들렸다.

정전인가…… 거실 쪽으로 귀를 기울여본다. 냉장고 모터 돌아가는 소리가 희미하게 들린다. 정전은 아니다. 창을 보니 날이 밝으려면 아직 멀었다. 이불 속에서 한참 뭉그적거리다 몸을 일으킨다. 추리닝을 걸치고 거실로 나선다. 거실은 더 썰렁하다. 전등을 켜고 거실 한쪽 벽에 부착된 보일러 계기판을 살핀다. 정전도 아닌데 계기판이 먹통이다. 전원 스위치를 눌러보지만 반응이 없다. 보일러 본체가 있는 베란다 문을 연다. 칼날 같은 새벽 공기가 얼굴을 할퀴며 달려든다. 문을 닫고는 일단 후퇴, 서둘러 방으로 돌아온다.

장롱을 열어본다. 여분의 것이라곤 달랑 여름용 홑이불 하나다. 장롱이 이불로 넘쳐났던 적도 있었다. 자취 생활을 시작할 때 엄마가 챙겨준 솜이불에서부터 오리털 이불, 누비이불, 캐시미어, 극세사 이불에 이르기까지 한때 장롱 속에는 시기별로 유행했던 이불이 차곡차곡 쌓여 있었다. 이사 오기 전 필요한 것만 남기고 연출부 소품 담당에게 넘겼다. 살림에 보태 쓰건 소품으로 쓰건 마음대로 하라며. 홑이불이나마 한 겹 더 겹쳐놓고 추리닝을 입은 채 이불 속을 헤집고 든다. 이럴 땐 전기장판이라도 있으면 좋을 텐데…… 그것마저 옥탑방에서 이사 나올 때 선심 쓰듯 아래층 할머니에게 선물해버렸다. 구질구질한 과거와 결별하듯 홀가분하게. 주름살에 검버섯투성이 할머니 얼굴이 각시탈처럼 변하던 모습이 눈에 선하다. 살면서 남을 감동시켜본 몇 안 되는 기억 중 하나다.

이사 오고 내내 이 집 생활은 만족스러웠다. 재건축 결정이

난 낡은 아파트이긴 해도 폭염이든 장마든 한파든 옥탑방에 비할 게 아니었다. 얼룩진 벽지도 수시로 막히는 변기도 경첩이 빠진 싱크대 문짝도, 집 안에서 생기는 모든 문제는 옥탑방 시절만 떠올리면 위안과 함께 문제의 절반이 해결된 느낌이었다. 지질했던 지난 기억은 오랫동안 유용했다.

영하 십육칠 도를 오르내리는 한파가 이 주째 계속되면서 동파 사고 소식이 요즘 뉴스의 단골 메뉴다. 모 전자제품 회사 AS센터에는 세탁기 관련 동파 사고가 하루에 수천 건 접수된다고 했다. 어느 신축 아파트는 전 세대가 베란다 수도관 동파로 물 공급이 끊기면서 입주자들이 건설사를 상대로 부실시공 소송까지 준비하고 있다는 보도도 있었다. 신축 아파트도 그런 형편이니, 삼십 년 된 낡은 아파트에 사는 세입자로서야 일찌감치 마음을 다잡아먹지 않을 수 없었다. 다행히 지금까지 별 탈 없이 지내왔다. 한파가 닥치기 전 새 보일러로 교체한 덕이 컸다. 기특하게도 새 모델에는 동파 방지 기능까지 있었다. 그런 보일러가 갑자기 멈춘 것이다. 정전이 아니라면 보일러 자체에 문제가 생겼다는 말인가? 아니, 그럴 가능성은 없다. 교체한 지 한 달도 안 된 새것인데다 지금껏 잘 돌아갔으니 제품 자체에 대한 검증까지 마친 셈 아닌가. 의외로 사소한 문제일 확률이 높다. 베란다 쪽 어딘가 연결선이 접촉 불량이거나 코드가 콘센트에서 빠졌거나……

낡을 대로 낡은 보일러를 새것으로 교체했을 때는 뭐랄까, 썩은 이 빠져나간 잇몸에 임플란트 시술을 한 느낌이랄까. 가격 부담만큼 만족도가 높았다. 낡은 보일러의 시달림에서 벗어난 것만으로도 크나큰 축복이었다. 보일러를 켰을 때 곤봉으로 양철통 두드려대듯 와당탕 소리를 쏟아내고 작동이 뚝 멈춰버리는 일 같은 건 애교에 속했다. 샤워하다 갑자기 찬물이 쏟아져 심장마비를 일으킬 뻔한 적도 있었다. 그런 경우야 어쩌다 한번 있는 일이었으니 매일 밤 듣는 모터 소리에 비할 것도 아니었다. 잠자리에서 듣는 낡은 모터 소리는 천식 환자의 너덜거리는 기침 소리 같았다. 매일 밤 그 천식 환자 옆에서 자야 한다고 생각해보라.

—아예 새 보일러로 바꾸시죠. 워낙 낡아서 고쳐봤자예요.

AS기사는 수리에 매번 회의적이었다. 세입자인 나로서도 수리보다는 새것으로 교체하는 게 낫다는 걸 모르지 않았다. 수리비는 세입자가, 교체 비용은 집주인이 부담하는 게 관례니까.

—그냥 고쳐주세요.

번번이 나는 수리비 부담 쪽을 택했다. 그때마다 AS기사는 고개를 갸웃하며 마지못한 듯 연장통을 열곤 했다.

그때까지 나는 집주인을 본 적도, 전화 통화 한번 한 적도 없었다. 처음 계약 때도 부동산 중개인이 모든 걸 대행했다.

주인은 집을 여러 채 소유하고 있는 의사 약사 부부라고 했다. 재력 있고 바쁜 사람들이었다. 그 말이 실감났다. 이 년 계약이 끝나고도 그들은 전세금을 올려달라고 하지 않았다. 계약은 자동 연장되었으니 나로서는 엄청난 혜택이었다. 영화판 스태프라는 게 도무지 앞날을 예측하기 힘든 일인지라 그즈음 나는 실업수당으로 근근이 살아가고 있었다. 이 집으로 이사 올 때만 해도 영화사 스태프도 경력과 실력을 쌓을수록 전망 있는 일이라는 장밋빛 희망에 젖어 있었건만, 역시 희망에 지나지 않았다. 전세금을 올려달라고 하면 당장 집을 비우고 나가야 할 형편이었다. 하지만 예기치 않은 행운으로 이 집과의 인연은 지속되었다. 처음 계약 당시 중개인 말로는, 이전 세입자가 워낙 깐깐하고 요구 사항이 많아 주인이 넌더리를 냈다고 했다. 고르지 못한 방바닥에서부터 유행 지난 싱크대 색상까지 트집을 잡던 그들은 이십칠 년 된 낡은 집에 적응 못하고 삼 개월 만에 이사를 나갔다는 것. 그 까탈스러움의 수혜자가 나였다. 이전에 살던 옥탑방에 비하면 너무도 번듯한 집이라 나는 불편도 거의 못 느꼈다. 적응하거나 손수 해결하거나. 그것이 내 방식이었다. 삼 년 넘도록 집주인에게 연락 한번 한 적 없었으니 그런 존재감 없는 세입자를 주인이 얼마나 다행스러워했을지 짐작이 갔다. 전세금 올려 받는 일에 무심한 것도 그 때문일 거라고 나름대로 추측했다.

하지만 보일러가 네번째 고장이 났을 때는 나도 어쩔 수 없었다. 새 보일러 설치 외에 방법이 없었다. 중개인을 통할 것인지 주인에게 직접 얘기할 것인지 고민하다 후자를 택했다. 서랍을 뒤져 전세 계약서를 꺼냈다. 계약서상의 임대인은 주민증번호가 88로 시작하는 주인집 아들로 되어 있었다. 세금 문제 때문인지 아들에게 일찌감치 증여해놓은 집이라고 중개인이 귀띔했던 기억이 났다.

—어디라고요?

다주택 소유자답게 주인 남자는 어느 집인지 헛갈려 하더니, 아들이 소유주로 되어 있는 집이라고 말하자 정확히 이해했다. 그는 전화 받기가 좀 곤란하다며 나중에 다시 연락해달라고 했다. 나는 선선히 그의 요구에 따랐다. 전화를 끊는데, 마침 창밖에 눈발 날리는 광경이 눈에 잡혔다. 내가 처한 현실이 코앞에 다가와 있었다. 더 지체할 수 없었다. 일단 문제부터 해결하고 난 다음 주인과 상의하기로 했다.

일주일 뒤 주인과 다시 통화를 시도했을 때 전화 연결이 되지 않았다. 다음날도 그 다음날도 마찬가지였다. 계약서에 명기된 휴대폰 번호는 그새 결번이었다. 어쩔 수 없이 부동산 중개인에게 연락했다.

—주인 내외분이 갈라서신 거 몰랐어요? 하긴 좋은 일도 아니니…… 사모님은 아들이 유학 가 있는 일본으로 가버리

셨고, 박사님은 딴살림 차리셨다네요.

중개인 여자가 주인집 상황을 구체적으로 알려주었다. 그런 주인에게서 보일러 교체 비용을 받아낸다는 건 흥행에 실패한 영화의 체불 임금 받아내기만큼 어려울 것 같았다.

—어쨌든 한동안 전세금 올려달란 얘기는 없을 테니, 세입자로서도 크게 나쁠 건 없잖아요.

위로랍시고 덧붙이는 말을 들으며 얼핏 그녀의 모습을 떠올렸다. 삼십대 중반으로 보이는 미모의 여자였다. 그녀가 3D 입체영상 시대에 3D 업종인 영화판 스태프로 일하는 게 어떤 현실인지 알 리 없었다. 내일 일을 걱정하는 건 우리에겐 사치였다. 그동안 내가 치렀던 수리비만 해도 보일러 교체 비용과 맞먹는 수준이었으니 결과적으로 세입자인 내가 보일러를 두 번이나 바꾼 셈이었다. 영화판 스태프 막내 삼 개월치 월급에 해당하는 돈이었다.

아침 햇살이 창턱을 막 넘어들어오자 간신히 몸을 일으킨다. 추리닝 위에 패딩 잠바를 걸치고 방을 나선다. 계기판 전선을 따라 베란다로 나가 슬리퍼를 꿰어 신는다. 딱딱하게 언 고무 슬리퍼의 냉기와 질감이 맨발에 고스란히 느껴지는가 싶더니 빠르게 심장까지 전해온다. 보일러를 살펴본다. 본체 코드는 거실 창문 틈으로 나와 있는 전선의 콘센트에 꽂혀 있다. 때가 꼬질꼬질 묻어 흰색인지 회색인지 헛갈리는 전선은 연결 상태가 불량해 보인다. 새 연결선을 가져와 바꿔 꽂아보지만 아무런 변화가 없다. 원래 연결선에 문제가 없다는 얘기다. 예측이 빗나갔으니 더 지체할 것도 없다. 기술자 손에 맡겨야 한다. 보일러 본체에 붙은 선명한 스티커에 나와 있는 AS센터로 전화를 건다. 고장 접수 신고가 많은지 전화는 계속 대기 상태다. 반시간 만에야 간신히 말이 빠르고 불친절한 여자 상담원과 연결이 된다. 접수한 지 한 시간 만에 AS기사한테서 연락이 온다. 기사는 보일러 상태를 묻더니 한 시간 뒤에 방문하겠다고 한다.

약속 시간이 지나도 보일러 수리공은 감감무소식이다. 한겨울 난방 끊긴 집에서 수리공을 기다리는, 약속 시간을 초과한 한 시간, 그것은 지킬박사를 하이드로 만들고도 남을 시간이다. 나는 가까운 곳에 살고 있는 후배 A한테 전화한다. 그는 연출부 소품 담당이다. 구하기 힘든 소품은 직접 만들어서 가져올 정도로 손재주가 뛰어났을 뿐 아니라 '광속'이라는 별명에 걸맞게 속도도 빠르다. 언젠가는 소품을 주제로, 아니 소품을 주연으로 하는 영화를 만들겠다는 꿈같은 꿈을 가진 친구다.

―전기난로요?

A라면 십 분 내로 내게 온기를 전해줄 수 있을 거라는 확신이 있다.

—보일러 수리 기사를 기다려야 하기 때문에 내가 지금 꼼짝할 수 없어서 그래.

내 처지를 하소연하듯 말한다.

A는 중요한 일을 의논 중이라 지금 당장은 힘들다고 한다.

—지난번 영화 작업 그거, 돈 받아내야죠. 소송까지도 고려 중이에요.

머뭇거리다 그가 설명을 덧붙인다.

일 년 넘도록 받지 못한 체불 임금 문제다. 제작사 역시 개봉 못한 책임을 감독과 스태프들의 제작비 남용과 불성실한 작업 탓으로 돌리며 만만찮게 대응해왔다. 나도 스태프로 참여했던 작업이지만 문제가 간단치 않아 이미 포기했던 일이다.

—선배야 원래 이런 일에 소극적이니까, 일이 좀 진척되고 나면 얘기하려고 했죠.

A가 내게 알리지 않은 이유를 변명하듯 덧붙인다. 그러고는 의논이 끝나는 대로 연락하겠다며 전화를 끊는다. 이상하게도 상실감이 몰려온다. '거사'에서 소외되어서가 아니라 십 분 난로에 대한 기대가 깨졌기 때문인 것 같다. 마침 초인종이 울린다. 수리공인 모양이다. 서둘러 현관문을 연다. 눈만 빼꼼 내놓고 검은 목도리로 목과 얼굴을 친친 두른, 얼핏 복면강도를 연상시키는 남자가 연장통을 들고 서 있다. 남자는 목도리를 살짝 끌어내리며 조금 전 통화했던 보일러 기사라고,

하얀 입김을 내뿜으며 자신을 소개한다. 반갑다. 복면강도 아닌 연쇄살인범 같아 보여도 반가웠을 거다. 얼어 죽느니 온기 있는 남의 손에 죽는 게 낫겠다는 생각은 이런 상황이라면 누구든 멀쩡한 정신으로 할 수 있다. 한파에 보일러 끊긴 집에서 하룻밤 지새보면 사람의 상상력이란 게 얼마나 무모하게 대책 없이 뻗어나가는지 실감할 수 있다.

수리공은 계기판부터 살핀다. 이것저것 눌러보아도 아무 반응이 없자 그는 보일러 본체를 봐야겠다고 말한다. 나는 베란다 문을 연다. 반투명 유리창에 낀 성에가 햇빛에 날카롭게 반짝인다. 수리공은 연장통에서 드라이버를 꺼내 본체 뚜껑에 있는 나사를 풀기 시작한다. 손이 얼었는지 드라이버가 한번씩 그의 손에서 미끄러진다. 때론 나사못이 바닥에 떨어지기도 한다. 그때마다 나는 긴장하며 나사를 조심스레 주워 챙겼다. 크고 복잡한 기계가 작은 나사못 하나 때문에 작동이 안 되는 경우를 종종 봤기 때문이다. 마지막 나사가 풀리면서 마침내 덮개가 떨어져나온다. 보일러가 속을 훤히 드러낸다. 모터, 물통, 트랜스, 점화기기 등의 부품이 빼곡 들어차 있고 아래쪽에는 사각의 플라스틱 프레임 안에 색색의 가느다란 선들이 신경가닥처럼 모여 있다. 새 보일러답게 부품들이 하나같이 깨끗하고 색이 선명해 기계 자체는 아무 문제가 없어 보인다.

수리공이 기체 점검을 위한 장치를 꺼낸다. 그걸 본체와 연결하고 버튼을 누르는 순간 '펏' 소리와 함께 녹색 불꽃이 일면서 전선 타는 냄새가 난다. 수리공은 내부를 자세히 들여다본다.

"부품이 젖어 퓨즈가 나간 거예요."

그는 문제의 원인을 너무도 간단하게 짚어낸다.

"그럴 리가요?"

실내나 다름없는 베란다에서, 그것도 벽에 고정되어 있는 보일러에 갑자기 물이 어떻게 스며든단 말인가.

"저기 같은데요."

주위를 살피던 수리공이 십자드라이버로 보일러 위쪽 천장을 가리킨다. 자세히 보니 합판 패널로 된 천장 한곳에 물방울이 맺혀 있다. 그 물이 내 정수리에 똑 떨어지기라도 한 듯 소름이 좌악 끼쳐온다.

"이런 경우는 보일러기기 문제가 아니고 외부 누수로 빚어진 일이라 무상 AS에 해당 안 되거든요. 출장비 내셔야 합니다."

수리공은 비용 얘기부터 꺼낸다. 그 정도는 야멸친 거라고 할 수도 없었다. 다음에 따라붙은 말에 비하면.

"일단 젖은 게 말라야 하니까, 다 마르고 나면 연락주세요."

수리공은 무심히 한마디 던지고는 연장을 챙기기 시작한다.

놀란 나는 엉겁결에 기사의 소매를 붙잡는다. 군청색 작업용 잠바의 차갑고 매끈한 질감이 전해오자 아차 싶어 슬그머니 손을 놓는다.

"어차피 지금은 손도 못 대요. 물기가 완전히 말라야 하니까요."

그는 간단하게 설명하고 돌아선다.

현관을 향해 가던 수리공이 뭔가 빠뜨렸다는 듯 다시 돌아선다.

"만약의 경우 보일러를 완전히 교체해야 될지도 몰라요. 물 먹은 전기제품은 누구도 장담할 수 없거든요."

그의 말이 계속 나를 코너로 몰아넣는다.

"위층에서 새어들어온 물이니, 이런 경우는 위층 사람한테 책임을 물으면 돼요."

그가 해결책 제시하듯 덧붙인다. 그것이 어디 그의 말처럼 간단하고 쉬운 일일까. 영화판 스태프로 몇 년 일해본 사람이라면 어떤 일이든 낙관하지 않는다. 밤잠 설쳐가며 몇 개월 꼬박 매달렸던 일에 대한 대가가 깡그리 무시당하는, 어이없고 황당한 일을 몇 번 겪고 나면 말이다.

"다 마르고 나면 연락하세요."

수리공은 목도리를 코 위까지 끌어올리고 처음 모습 그대로 현관을 나선다. 환자의 배를 갈라놓고 수술실을 나가는 의사 같다. 수술대 위의 환자 심정으로 나는 닫힌 현관문을 멀거니 바라본다.

* * *

의자에 올라서서 보일러 위쪽 천장을 살펴본다. 나무 패널이 젖어 있다. 약간 처진 부분에 물기가 맺혀 보일러 본체로 떨어져내렸고 그 물방울이 하나둘 모여 연통 이음새의 빈틈을 타고 내부로 흘러든 것이다. 눈치채기 어려울 정도로 적은 양이었다. 천장 패널을 보니 물기가 스며들기 시작한 건 요며칠 사이의 일이 아니었다. 패널 표면의 에나멜이 벗겨진 것, 젖고 마르기를 되풀이하면서 나무가 부르트고 색이 변하고 버그러진 것 등으로 미루어볼 때 꽤 오래전부터 있어온 일 같다. 위층에서 스며든 물이다.

—305호라고요?

경비 아저씨의 걸걸한 목소리에 이어 종잇장 뒤적이는 소리가 전화기 속으로 들린다.

—집 전화번호는 없는데요. 휴대폰 번호밖에.

—그럼 휴대폰 번호라도 알려주세요.

—휴대폰 번호는 알려주면 안 된다더만. 사생활 침해라서.

원칙을 들먹이는 걸로 미루어 새로 온 경비 같다. 이 아파트 경비는 촬영팀 조명보조만큼이나 자주 바뀐다.

내가 바로 아래층 사람이라는 것, 위층에서 흘러내린 물에 보일러가 고장 나 밤새 추위에 떨었다는 것, 남의 집을 불쑥 찾아가는 것보다 전화부터 하는 게 예의가 아니겠느냐는 등 명분과 하소연이 뒤섞인 말을 장황하게 늘어놓는다.

—그래도, 그거 알려주면 우리한테 책임이 돌아오니까 그러죠.

책임 문제를 빌미로 신참 경비는 끝까지 버틴다.

격식이니 절차 따윈 집어치우자. 사실 그럴 여유도 없지 않나. 신참 경비의 손을 들어주는 척하며 전화를 끊는다. 당장 가서 그 집 문을 두드리기로 한다. 한달음에 계단을 올라가서는 위층 집 초인종을 누른다.

—누구세요?

비음이 섞인 높은 톤의 여자 목소리가 들리더니 현관문이 비긋이 열린다. 삼십대 초반쯤으로 보이는 귀여운 인상의 여자다. 놀랍게도 반팔 면 원피스 차림이다. 스누피 얼굴이 크게 그려진 박스형의 분홍색 원피스. 스누피의 미소가 이토록 따뜻하고 흐뭇한 것이었던가. 섭씨 십 도 정도의 온도는 충분히 높여주는 미소다. 아래층 사람이라고 밝히자 305호 여자는 이 아파트 주민으로 늦게 편입한 사람답게 공손하게 인사를 건네온다. 초면임에도 친근감이 묻어난다. 그녀 뒤에 머물려 있는 집 안의 따뜻한 기운 때문인지도 모른다. 여자를 사이에 두고 찬 공기와 따뜻한 공기가 또렷이 경계를 이루고 있다. 내 눈길은 이미 그녀 등뒤의, 온기로 그득한 실내를 탐하고 있다. 내 집 사정을 내비치며 나는 그녀에게 베란다를 보여줄 것을 부탁한다.

"우리 집은 그럴 일 없는데……"

여자는 은근히 긴장하는 눈치다.

나의 간곡한 부탁에 여자는 문 한쪽으로 비켜서며 내가 들어가는 걸 허락해준다. 집 안은 훈훈한 정도가 아니라 후텁지근하다. 안경이 부옇게 흐려온다. 여자가 재빨리 신발장 위의 티슈 한 장을 뽑아 내민다. 눈치 빠르고 센스 있는 여자다. 안경이 맑아지자 거실 벽에 걸린 커다란 결혼사진이 맨 먼저 눈에 띈다. 신혼부부 집 같다. 리모델링한 실내 구조에, 가구와 가전제품이 하나같이 새것이다. 같은 건물의 아래위층이 맞나 싶도록 내 집과는 딴판이다. 내 집이 재건축이 결정 난 집답게 묵직한 갈색 톤의 칙칙한 분위기라면, 가볍고 산뜻한 화이트 톤인 이 집은 신축 아파트 분위기다.

"일단 한번 보세요."

여자가 베란다 문을 열어 보이며 말한다. 한쪽에는 세탁기가 자리하고 반대편에 보일러가 부착되어 있는, 구조상으로는 내 집 베란다와 똑같다. 하지만 타일 바닥에서 천장까지 마감재는 물론 훈훈한 공기까지 대조적이다. 바닥과 하수 배관 주변을 아무리 훑어봐도 물이 샐 만한 곳은 없다.

"이건 뭐죠?"

베란다 난간 위쪽, 창을 밖으로 확장시켜 선반을 만들어놓은 공간이 있었다. 선반에는 크고 작은 유리병들이 놓여 있다. 유리창 안팎이 완전히 달라 보인다. 바깥은 하얗게 얼음이 끼어 있는 반면, 안쪽 유리에는 물방울이 맺혀 있다. 그 물방울이 흘러내려 바닥에 고여 있었던 것이다.

"아무래도 이 물 때문인 것 같은데요."

내가 선반의 물기를 가리키며 말한다. 그것이 벽 틈새를 타고 내 집 천장으로 스며든 모양이다.

"어머, 그럴 리가요?"

여자는 세탁기 위에 놓인 마른 걸레를 가져와 선반의 물기를 닦기 시작한다. 노련하고 날랜 손놀림이 신혼이 아니라 주부 9단쯤으로 보인다. 물증을 없애려는 행동이 아닐까, 불쑥 의심이 든다.

"바깥 좀 내다볼 수 있을까요?"

물이 건물 벽 어디를 통해 흘러내리는지 봐야 한다. 특히 여자가 그걸 눈으로 확인하는 게 중요하다. 누구든 보는 것을 믿지 않을 도리는 없지 않은가. 수리공 지적대로 만일의 경우에 대비해 위층 사람의 책임 의식을 일깨워놓아야 한다.

"바깥쪽으로 창이 얼어붙어 꿈쩍도 안해요. 우리도 여러 번 시도해봤는데 안 열리더라고요."

그녀 말대로다. 아무리 손으로 밀고 당기고 해봐도 창은 꿈쩍도 않는다. 벌써부터 장벽에 부딪친 셈이다.

"그나저나 어떡해요. 날도 이렇게 추운데……"

여자는 안쓰러움이 잔뜩 밴 목소리로 한마디 하고는 먼저 거실로 들어간다.

나는 뒤에 남아 베란다를 다시 한번 살펴본다. 선반 말고는 의심 갈 만한 데라곤 없다. 창 쪽으로 다가선다. 창문이 정말 안 열리는지 내 손으로 확인해보고 싶어서다. 주위에 놓인 병들 때문에 창문 손잡이를 잡기가 수월치 않다. 병들을 한쪽으로 치워놓으려 하는데 거실 안쪽에서 여자의 말소리가 들린다. 나는 하려던 걸 포기하고 거실로 들어간다.

"우선 이거라도 갖다 쓰세요. 작긴 하지만 없는 것보다는 나을 거예요."

여자가 방에서 들고 나온 전기난로를 내게 내민다. 구식 디자인에다 안전망이 녹슬어 있는 구닥다리 난로다. 이 집 거실 어딘가에 놓인다면 따로 놀거나 앤티크 소품처럼 보일 것 같은 분위기다. 여자의 이런 친절이 일종의 방어막 같은 건 아닐까.

"후배가 난로를 가지고 오기로 했거든요."

손사래 치며 나는 극구 사양한다. 나중을 위해서라도 적당한 거리 유지는 필수다. 도망치듯 그 집을 벗어나 아파트 마당으로 곧장 내려간다. 또다시 혹한 속이다. 겨울 오후의 창백한 햇살을 받고 선 건물의 그림자로 마당은 음지와 양지로 나뉘어 있다. 차들이 빠져나가고 비어 있는 주차선이 오늘따라 휑해 보인다. 추위에 다들 집안에 웅크리고 있는지 사람은 물론, 고양이 한 마리 얼씬하지 않는다. 나는 햇빛이 머무는 마당 한쪽에 서서 내 집과 위층 주변 벽을 자세히 살펴본다. 305호의 돌출된 베란다 창 주위를 아무리 훑어봐도 물이 샌 흔적은 없다. 위치상으로도 그것은 내 집 보일러가 있는 천장과는 거리가 있다. 이번에도 예측은 보란 듯 빗나간다. 나는 양손을 패딩 잠바 주머니에 찌르고 골똘히 생각에 잠긴 채 마당을 천천히 오간다. 그러다 한번씩 고개를 들어 건물을 올려다보곤 한다.

건물은 재건축이 결정 난 건물답게 언뜻 봐도 낡을 대로 낡았다. 외벽을 이루고 있는 벽돌은 닳고 닳아 모서리조차 부드럽다. 벽돌 틈새를 메운 시멘트는 거무스레해졌고 미세한 구멍이 숭숭 나 있다. 온갖 벌레나 곤충들이 들락거리며 벽 틈으로 무수한 길을 내어놓았을 터였다. 건물 아래쪽 벽면은 융단 같은 녹색 이끼로 뒤덮이고 벽체 군데군데는 흘러내린 눈물처럼 희끄무레한 얼룩이 졌다. 주변의 자잘한 유기체들이 건물에 들러붙어 긴 시간 한 몸을 이뤄 지내온 것이다.

리모델링한 집과 그렇지 않은 집이 외관으로 쉽게 구별된다. 리모델링한 집은 새하얀 창틀로 되어 있어 낡은 벽체를 배경으로 유난히 도드라져 보인다. 305호도 그런 집의 하나다. 집집마다 똑같은 모양, 같은 위치에 자리잡고 있는 건 철제 연통뿐이다. 그것은 피노키오의 코처럼 우뚝 솟아 건물의 숨통 역할을 하고 있다. 연통마다 끝 부분에 고드름이 달려 있고, 그 아래에는 물방울이 떨어져 바닥에 얼음 기둥을 만들어놓고 있다. 어떤 것은 희부연 색, 어떤 것은 녹물 섞인 황토색 얼음 기둥이다. 크기도 맥주병만한 것에서부터 아이스바만한 것까지 제각각이다.

305호 연통에서는 하얀 연기가 계속 뿜어져나오고 있다. 유난히 난방을 많이 하는 집이다. 그 집의 실내 공기, 여자의 반팔 원피스 차림, 스누피의 나른하고 편안한 미소가 떠오른다. 여자가 내밀던 난로를 받아 챙길 걸 그랬나, 슬그머니 후회가 된다. 약해지는 마음을 다잡으며 다시 걸음을 옮겨놓는다. 그러다 뜻밖의 발견을 한다. 다른 집들과 달리 윗집 연통 아래쪽에는 얼음 기둥이 없는 것이다. 자세히 보니 그 집 연통은 벽 쪽으로 약간 기울어 있어 연통에 맺힌 물방울이 벽 쪽으로 흘러든 모양이다. 위치상으로도 내 집 보일러가 있는 천장 쪽이 맞다. 아니나 다를까 연통 주위 벽체에 갈라진 틈이 많고 얇게 언 얼음 자국도 보인다. 드디어 물증을 찾았다. 305호 연통에 맺힌 물방울. 그것이 내 집 베란다 천장을 적신 주범이었다. 물러나는 햇살을 따라 나는 슬금슬금 마당을 빠져나온다.

* * *

드라이어를 켠다. 보일러 본체부터 완벽하게 말려야 한다. 드라이어 주둥이에 손끝을 갖다 대자 더운 바람이 시린 손끝을 녹이고 온기가 온몸으로 밀려드는 느낌이다. 드라이어 온기가 이 정도니 전기난로는 어떨까. 위층 여자가 내밀던 녹슨 철망의 낡은 난로와, 도착하지 않은 A의 난로가 눈에 어른거린다. 여자가 내미는 걸 그냥 받아 챙길 걸 그랬나? 드라이어의 온기가 자꾸 후회를 부채질한다. 물통과 모터, 트랜스와 예민한 신경조직 같은 선 다발까지 부품 구석구석을 꼼꼼하게 말린다.

곰곰 따져보니 이 불의의 사고는 새 보일러 설치에서 시작한 것 같다. 물이 새어든 건 이미 오래전부터였으나 이전의 낡은 보일러에서는 아무 문제가 없지 않았나. 새 보일러를 설치하면서 본체와 연통의 이음새 부분 처리를 허술하게 한 게 결정적 과오로 보였다. 설치 기사의 무성의한 일처리 탓이다.

사실 따지고 보면 설치 기사의 문제만도 아니다. 내 탓도 있다. 인터넷 가격비교 사이트를 살펴보면서 보일러를 선택하고 의뢰한 건 나였으니까. 아니, 내 탓이라고만 할 수도 없다. 처음부터 집주인이 나서서 해결했다면 결과는 또 달라졌을 것 아닌가. 그러니 갈라선 집주인 내외도…… 책임 소재는 꼬리에 꼬리를 물고 이어지다가 유난스레 난방을 많이 하는 305호로 다시 옮겨가 결국 그 집 여자의 스누피 원피스에 가 닿고는 지쳐 막을 내렸다.

—저, 보일러 다 말렸는데요. 드라이어로 꼼꼼하게……

수리공에게 전화해 임무 완수를 알린다.

—예약된 집들 처리가 끝나는 대로 연락할게요.

수리공은 용건만 말하고 이내 전화를 끊는다.

후배 A한테서는 여전히 연락이 없다. 소품 담당이 딴 일을 도모하는 건 쉽지 않은 모양이다. '광속'이 전혀 제 기능을 못하고 있다. 그것도 하필이면 오늘 같은 날……

—소품을 위한, 소품에 의한, 소품 영화를 한 편 만들 거예요.

A의 꿈도 무지개 쫓는 얘기만은 아니었다. 언젠가 스태프 쉰 명이 밤새 했던 작업을 소품 하나 때문에 완전히 망친 적이 있었다. 그때 A가 그 작업에 특별 초빙되었다. A가 손수 만든 아이디어 소품이 등장했고 그것만으로도 감동적인 장면

이 만들어졌다. 나중에 어느 유명 평론가의 영화 감상평에 A의 소품이 언급될 정도였다.

나는 A에게 다시 전화한다.

—오늘은 아무래도 힘들겠어요, 선배. 소송 문제로 이따 변호사를 만나기로 했거든요.

A가 미안해하며 말한다.

—근데, 나는 왜 빼놓은 건데?

내가 따지듯 묻는다.

—점거농성이나 단식투쟁 같은 거 선배가 할 수 있겠어요?

뜬금없는 A의 질문에 나는 당황한다. 굶는 일에는 익숙하지만 그것이 '단식투쟁'이라는 말로 바뀌자 나와는 전혀 상관없는 일 같다. 우물쭈물하는 사이 전화는 끊긴다. 소외와 서운함을 넘어 배신감마저 든다. 추위 때문인가? 드라이어를 다시 켠다. 손끝에 온기가 돌자 감정이 조금 누그러든다.

여섯시가 넘고 일곱시가 지나도록 기사는 오지 않는다. 혹시 그가 깜박 잊고 퇴근해버린 건 아닐까. 불안해 다시 그에게 전화를 한다.

—제가 일 끝나면 연락드리겠다고 했잖아요.

한참 만에 전화를 받은 수리공의 대꾸에 짜증이 잔뜩 묻어난다. 그가 약속을 잊지 않고 있다는 사실에 안도하며 나는 전화를 끊는다.

수리공이 나타난 건 여덟시가 다 되어서다. 그는 내가 정성껏 말려놓은 보일러 내부를 먼저 살펴본다. 그러더니 진지한 어조로 며칠 전 있었던 어느 집 사례를 들려준다. 내 집과 똑같이 보일러에 물이 스며든 경우다. 부품을 갈아 끼웠는데도 작동이 되지 않아 새 보일러로 교체할 수밖에 없었다는 것. 그래서 수리비에다 새 보일러 설치 비용까지 돈이 이중으로 들었다는 것이다.

"그러니 잘 선택하셔야 돼요. 교체할 것인지, 수리를 할 것인지."

보일러공이 요구하는 건 선택이 아니라 결단이다.

"한 달도 안 된 새 보일러라고요."

나는 교체는 가당치 않다는 투로 대꾸한다. 모든 책임을 나에게 떠넘기는 그의 태도도 못마땅하지만 그것까지 따지고 들 여력은 없다.

"수리비도 만만치 않거든요."

"얼마나 드는데요?"

"한 삼십오만 원쯤?"

보일러 교체 비용의 삼 분의 이에 해당하는 액수다.

"물먹은 전기제품은 도무지 종잡기 어려워요. 부품을 갈아 끼워도 백 프로 장담할 수도 없고……"

"그래도 일단 수리해주세요."

내가 단호하게 말한다.

그는 제일 먼저 물통부터 갈기로 한다. 빽빽하게 들어차 있는 부품들 사이에서 물통을 빼내는 일이 쉽지 않은지 한참이나 끙끙댄 끝에 간신히 물통을 빼낸다. 그러고는 새 물통으로 갈아 끼워넣는다.

"이건 뭐죠?"

새 물통이 자리를 잡았을 즈음, 내가 바닥에 놓인 고무 패킹을 발견한 것이다.

"어, 그게 어떻게 거기 빠져 있었지?"

그가 난감한 표정으로 고무 패킹을 건네받는다. 그는 간신히 끼워넣은 새 물통을 다시 빼낸다. 빠뜨린 고무 패킹을 다시 끼워야 했던 것이다. 그는 빼낸 새 물통 입구에 빠뜨렸던 고무 패킹을 끼우고는 다시 끙끙대며 제자리에 집어넣는다. 일처리가 영 미덥지 않다. 물통과 다른 부품 두 개를 갈아 끼우고 난 그는 장치를 꽂고 테스트를 한다. 펏— 소리가 나면서 퓨즈가 또 나간다. 아까처럼 고무 타는 냄새가 난다. 수리공은 다른 부품을 가져와야겠다며 밖으로 다시 나간다. 점점 내 판단에 자신이 없어진다. 수리비에 보일러 교체 비용을 더하니 머릿속에서 정전기가 일 지경이다.

수리공이 오토바이 부품통에서 새로 가져온 것은 복잡한 선이 들어 있는 작은 플라스틱 프레임이었다. 그것을 본체 아래쪽 구석에 끼워넣고 선들을 연결한 다음 다시 전원을 켠다. 이번에도 작은 파열음을 내며 전선 타는 냄새가 난다. 선 하나가 시커멓게 탄 자국이 보인다. 그 복잡한 선들 중에서 하나만 잘못 연결되거나 빠져도 기계는 작동하지 않을 것 같다. 점점 불안해진다. 보일러를 새로 놓아야 하는 최악의 경우가 발생한다면…… 그때는 어쩔 수 없다. 모든 책임을 나눠 져야 한다. 위층 사람, 새 보일러를 설치했던 기사, 집주인, 그리고 이 서툴기 짝이 없는 수리공까지…… 어느 누구도 책임에서 자유로울 수 없을 터였다.

수리공은 선들을 처음부터 다시 이리저리 연결한다. 그러고는 또다시 전원을 켠다. 이번에는 웬일인지 아까처럼 파열음도, 타는 냄새도 나지 않는다. 아무런 움직임이 없다. 그는 고개를 갸웃하더니 선 하나를 빼내 다른 자리에 꽂았다. 잠시 후 윙— 하면서 작동 소리가 들린다. 그러더니 딱 딱, 두 번의 마찰음과 함께 점화관에서 파란 불꽃이 일었다. 마침내 보일러가 돌아가기 시작한 것이다.

아—아— 나는 반사적으로 탄성을 내뱉으며 안도한다. 하마터면 수리공의 손까지 잡을 뻔했다. 마침내 그도 수리공으로서의 자존감을 되찾은 것이다. 나의 못마땅했던 감정도, 불안도 씻은 듯 사라진다. 역시 그는 기술자였다. 일을 성공적으로 마무리한 그는 연장통을 챙기기 시작한다. 손놀림이 아까와는 달리 경쾌해 보인다.

"뭐하시는 거예요?"

수리공이 의아해하며 내게 묻는다. 내가 폰 카메라로 빠져나온 부품들을 찍는 걸 보면서였다.

"아 증빙 자료 남기는 거예요."

나는 마지막으로 그에게 계산서를 부탁한다.

"네? 부품 이름까지 적어달라고요?"

기사가 의아한 눈빛으로 되묻는다.

"그래야 돈 받아내기가 수월해요. 요즘에는 다들 구체적으로 따지고 들거든요. 그래서 계산서에다 사진 자료까지 첨부해야 해요"

"누구한테요?"

궁금해하며 묻는 그에게 나는 집주인과 위층 사람, 그리고 새 보일러 설치 기사까지 차례로 언급한다.

"설치 기사도요?"

뜻밖이라는 듯 그가 되묻는다. 나는 본체 위쪽을 가리키며 새 보일러 설치 기사가 연통 이음새 마무리를 제대로 못해 물이 스며든 거라고 설명한다. 그러자 수리공은 말도 안 된다는 식의 표정을 짓는다. 가재는 역시 게 편이다. 보일러공은 떨떠름해하며 영수증을 써나간다. 그가 내게 건네준 영수증의 액수는 처음 말했던 것과는 꽤 차이가 났다. 십팔만 원. 처음의 절반에 가까운 액수다.

"다행히 핵심 부품 하나는 교체 안해도 되었거든요."

그가 변명하듯 설명을 덧붙인다. 나는 그의 전후 말의 내용과 맥락에 관해 자세한 설명 같은 건 듣고 싶지도 않았다. 지금은 보일러가 돌아간다는 사실, 그 즐거움을 훼손하는 어떤 일도 하고 싶지 않은 것이다.

일을 성공적으로 마무리한 수리공은 연장을 챙겨들고 집을 나선다. 그를 보내고도 나는 감격에 젖어 한동안 보일러 앞에서 있다. 위잉— 보일러 작동 소리가 그렇게 듬직할 수 없다. 세상에서 가장 평화롭고 포근한 소리. 어느 집에선가 아홉시 뉴스 시작을 알리는 시그널 음이 들려온다. 참으로 긴 하루였다. 고된 노동을 끝내고 집으로 막 돌아가려는 농부의 심정이 이렇지 않을까 생각하며 베란다를 나서려는데 언뜻 뭔가가 눈에 잡힌다. 그걸 보는 순간, 심장이 얼어붙는 것 같다. 두 개의 나사! 출처를 알 수 없는 나사 두 개가 의자 위에 덩그러니 놓여 있다. 끔찍한 일일극의 피날레를 장식하는 소품! 극적 반전을 맡은 이 은빛 나사는 대체 어디서 나온 것일까?

급히 베란다 창을 연다. 새시 창이 쇳소리를 내지르며 열린다. 수리공의 오토바이가 건물 모퉁이를 막 돌고 있다.

"아저씨이—!"

혼신의 힘을 다해 그를 소리쳐 부른다.

하지만 외침은 모터 소리에 묻히고 오토바이 뒤꽁무니는 이내 시야에서 사라진다. 차가운 바람이 얼굴을 후려친다. 고개를 돌리자 은빛 연통이 흰 연기를 뿜어내고 있다. 연기는 하늘로 번져간다. 별들이 얼음 조각처럼 박혀 있는, 무심한 하늘을 나는 뚫어지게 노려본다.

고흐의 침실

이런, 발바닥이 꼭 고목 줄기의 외피 같잖아, 령. 메마르고 갈라진데다 두툼한 굳은살까지, 도무지 여자의 발이라고 할 수가 없군……

환, 그만해. 그렇게 손금 읽듯 남의 발을 들여다보면 어떡해. 치부를 들킨 기분이란 말이야. 이제 그만 덮어두라고.

알았어, 령. 이렇게 돌아누우면 되겠지. 흐음, 진작 이럴걸. 살짝 돌아눕기만 해도 딴 세상이 펼쳐지네. 근데, 고흐 아저씨가 그린 저 「아를의 침실」 말이야, 텅 비어 있는 방인데도 온기가 묻어나는 것 같지 않아? 마룻바닥의 색 때문인가, 화가의 말대로 '신선한 버터' 같은 노란색이어서? 글쎄, 그 때문만은 아닌 것 같고…… 방 안의 물건들…… 그래, 맞아. 자세히 한번 보라고. 물건들이 하나같이 짝을 이루고 있잖아. 양 날개처럼 기대고 있는 창문, 나란히 놓인 베개, 의자, 심지어 벽에 걸린 액자까지……

환, 이 방 분위기가 맘에 들지 않다는 걸 저 침실에 빗대 말하는 것 같은데. 후훗, 그러고 보니 물건이 다들 짝을 이루고 있네. 그동안 숱하게 저 그림을 봐왔지만 그런 생각을 해본 적은 없는데…… 화가가 저토록 외로움을 타는 사람이었나?

이곳에 처음 오던 날이 생각나, 령. 좁고 가파른 언덕길 모퉁이에 전봇대가 불쑥 솟아 있고, 그 전봇대를 끼고 접어들자 나직한 한옥을 거느린 골목이 미로처럼 펼쳐졌지. 친근하면서도 이국정취가 흠씬 배어 있는 동네였어. 한국 사람이 한옥 동네를 보고 이국정취를 느끼다니 웃기지. 여튼 그랬어. 서울의 몽마르트르 같은 느낌이랄까. 도심 한복판에 이런 동네가 있다니! 연신 감탄을 자아내며 나는 령의 뒤를 부지런히 따랐지. 호박 넝쿨이 담장을 감아 오르는 붉은 벽돌의 허름한 집 앞에서 령은 걸음을 멈추더군. 이 집이야. 령은 가파른 나선형의 녹슨 철계단으로 연결된 삼층집을 손으로 가리켰지. 그러고는 한숨 돌리듯 대문 앞 계단에 걸터앉아 담배를 피워 물었어. 나는 그 옆에 서서 령의 보금자리를 올려다보았어. 푸른 하늘을 배경으로 허공에 둥실 떠 있는 그것은 새의 둥지처럼 보였지. 담배 연기가 공중에서 말끔히 사라질 때까지 나는 그 둥지를 바라보았어.

빛이 무진장 쏟아지던 오후였지. 나선형 계단을 올라 좁은 마루로 발을 옮겨놓는데 이상하게도 현기증이 나더라고. 너무 오래 걸었던 탓인지, 가파른 계단을 올라서였는지, 아니면 쏟아지는 빛 때문이었는지, 아, 아니 어쩌면 령이 언젠가 말한 그 증상 때문이었는지도 몰라. 스페인의 어느 목가적인 지방을 여행하는 사람들에게 잘 나타난다는 거…… 어떤 충격적인 아름다움에 접했을 때 공포가 엄습하면서 고산병과 흡사한 반응을 보인다는 그 증상 말이야. 황홀한 풍경을 접한 사람들이 그걸 움켜쥐려고 안달하면서 반대급부의 생리인 두려움이 생겨나고, 그렇게 복합적인 감정이 충돌해 빚어내는 증상이라지. 현기증이 나고 심장이 두근거렸어. 몸을 가누기 힘들 정도로 말야. 사내놈답지 않게 내가 워낙 민감성 체질이잖아. 집으로 들어서자마자 나는 이 침대에 쓰러졌지. 처음 방문한 손님치고는 예의가 없어도 너무 없었지. 급기야 잠까지 들어버렸으니…… 깨어났을 땐 이미 어둑해올 무렵이었어. 정신을 차리고 나니 방 안 풍경이 차츰 눈에 들어오더군. 책상 하나에 의자 하나, 베개도 하나, 책상 위에 놓인 빨간 머그잔 하나, 투명한 유리컵 하나, 이젤 위에 놓인 코코슈카의 드로잉 하나…… 주인을 닮아 집 안의 물건도 하나같이 외톨이더군. 아마 이 집에서 유일하게 짝을 이루고 있는 게 젓가락 아닐까 싶도록.

천장에서는 종려나무 잎으로 만든 메뚜기 한 마리가 낯선 방문객을 뚫어지게 내려다보고 있었지. 감시의 눈길도 침대의 삐걱거리는 소리도 아랑곳없이 우리는 거침없이 사랑을 나누었고 한참만에야 서로에게서 퉁기듯 나가 떨어졌어. 그때부터 우리는 이 좁은 침대에 적응하기 시작했지. 이렇게 반대쪽으로 누워 상대의 발을 그러안은 채…… 싱글 침대를 나눠 쓰기 위한 어쩔 수 없는 방법이긴 했지만 그래도 나는 우리가 눈높이를 맞추어 나란히 눕길 바랐어. 령은 그걸 숨막혀 했지. 내 숨소리, 심장의 고동 소리가 가슴을 짓누르는 것 같다며 까탈스럽게 굴더군. 하는 수 없이 나는 거꾸로 누워야 했어. 자리가 넓고 편하긴 했어. 그리 나쁜 느낌도 아니었고. 상대의 발을 가슴에 안고 잠드는 일 말이야. 그렇게 우리는 각자 거꾸로 누워 자는 데 익숙해져갔지.

비어 있는 저 침실 말이야, 령. 금방이라도 문을 열고 누군가 나타날 것 같지 않아? 누군가 들어선다면 창문부터 열어젖힐 거야. 시원한 바람이 밀려들고 창밖엔 사이프러스 나무가 울타리처럼 둘러 있을 테지. 아니면, 키 큰 해바라기들이 고개를 쑥 들이밀까? 창밖 저 멀리로는 황금물결 들판이 펼쳐져 있을 테고……

성급하게 창을 열려고 하지 마, 환. 어떤 것에서든 따스함을 읽어내는 너의 시선은 정말 놀라워. 하지만 그 지칠 줄 모르는 낭만성이 나도 이젠 지겨워. 싱그러운 바람과 따스한 햇빛, 황금빛 들판을 기대한다는 건 그야말로 환다운 상상이야. 그럴 수도 있겠지. 우리는 그 화가를 둘러싸고 있던 그의 몇 안 되는 친구들을 잘 알고 있으니까. 태양과 보리밭과 나무와 별과 해바라기, 농부들…… 늘 일방적일 수밖에 없는 그런 관계의 친구들이지.

우린 둘 다 이 그림을 좋아하지만 바라보는 시각은 백팔십도 달라. 환의 말대로 우리가 오랫동안 거꾸로 누워 자서 그런 걸까. 그래서 생각이 엇갈릴 수밖에 없는 거라고? 아냐. 그건 우리가 좁은 침대에서 서로의 발을 껴안고 자기 훨씬 이전, 환과 내가 손님과 장사꾼으로 만났을 때부터 그랬어.

난 한 번도 이 화가의 태양이 밝거나 따스하다고 생각해본 적이 없고, 그의 나무들이 싱그럽다고 느껴본 일도 없어. 그의 태양은 용광로처럼 이글거려 눈을 제대로 뜰 수 없고 나무와 구름은 태풍의 눈처럼 소용돌이쳐. 밤하늘의 별마저 분노와 격정에 휘말려 있지. 불안한 전등 빛을 내뿜는 밤의 카페는 금방이라도 탁자를 엎고 술꾼들끼리 한바탕 싸움을 벌일 것 같아. 자화상 속 그의 눈빛은 불안해 보이고 그의 붓 터치는 거칠고 난폭하기까지 해. 난 사실 그런 것에 끌려. 가슴 저 밑바닥에서부터 꿈틀거리며 분출하는 야생의 힘, 결코 길들일 수 없고 화해하려 들지도 않는 원초적 격정에 믿음이 간단 말이야.

누군가를 애타게 기다리는 침실이라…… 얼마나 외로웠겠어. 마음 터놓을 친구 하나 없이 시골 마을에 처박혀 있는 자신의 처지가 말이야. 하늘과 태양과 해바라기와 보리밭이 있는데 그가 왜 외로우냐고? 자연이 우리에게 위안과 휴식의 동반자로 빛을 발하는 건 순간에 불과해. 일상이 되어버리면 무엇이든 창살 없는 감옥에 지나지 않으니까. 붓 터치를 보라고. 그는 철저하게 색으로 자신의 감정을 감추고 있어. 그의 격정을 노란 물감이 감쪽같이 가리고 있다고. 그래서 그의 물감은 두터울 수밖에 없는지도 몰라. 그 물감 너머에 도사리고 있는 붓질의 심리가 내 눈엔 너무도 생생하게 잡혀.

고흐는 누군가를 애타게 기다리고 있었어. 한때 그는 예술혼을 같이 나눌 누군가와의 공동생활을 간절히 원했으니까. 도무지 자극이라곤 없는 저 시골구석의 일상이 얼마나 숨막혔겠어. 가도 가도 끝없는 보리밭, 권태롭게 쏟아져내리는 한낮의 뙤약볕. 그런 자연 속에 내던져진 삶이 유배 생활이랑 뭐가 달랐겠어. 그가 그린 구름과 태양과 나무와 해바라기를 보면 알잖아. 그 격정적 몸부림을…… 태양은 대지를 쩍쩍 갈라지게 만들 만큼 강렬하고, 구름은 사막에도 폭풍우를 몰고 올 만큼 난폭해. 사이프러스는 세상의 바람을 다 껴안은 듯 소용돌이치고, 해바라기는 꽃잎이 뜯겨나가도록 휘날리지.

고갱이 그의 집 문을 두드리기로 했어. 고흐가 늘 꿈꾸던 공동의 삶을 위해서였지. 고흐는 며칠 밤잠까지 설쳤어. 하지만 둘은 한 지붕 아래 살기에는 성격과 기질이 너무도 달랐어. 쓰고 난 물감의 뚜껑을 닫는 일이라곤 없는 고흐를 고갱은 참지 못했고, 고흐는 고갱의 도시적 감수성과 세련된 매너, 예술가적 야심에 구토가 났겠지. 고흐가 어설프게 끓여낸 밍밍한 맛의 수프가 미식가인 고갱의 입에 맞았겠어.

신선한 버터 향이 묻어나는 색이라고? 화가는 참담한 기분을 노란색으로 살짝 가려놓은 것뿐이야. 내겐 벽에 걸린 작업복의 땀에 찌든 냄새, 피비린내가 언뜻언뜻 맡아져. 눅눅한 시트, 못이 빠져 삐걱거리는 침대, 권태와 고독에 찌든 자신의 얼굴을 낱낱이 되비추는 잔인한 거울…… 그가 왜 자화상을 유독 많이 그린 줄 알아? 자의식이 강해서, 아니면 자기 연민에 빠져서? 분명 모델 구할 돈이 없어서였을 거야. 그러니 스스로 모델이 될 수밖에. 현실이란 늘 우리의 상상을 짓밟아놓는다고.

이 그림은 그가 고갱과 한바탕 싸우고 난 뒤의 침실인지도 몰라. 저 침대의 빨간 이불은 어쩌면 피에 젖은 것일 수도 있어. 그가 면도칼로 잘라낸 자신의 귀를 싸들고 단골 창녀에게 달려간 직후의 침실이 아니라고 누가 장담할 수 있겠어. 밤이면 집을 뛰쳐나가 카페에서 술을 들이켜지 않고는 견디기 힘든 나날이었을 거야.

그러니 환, 창문을 열려는 생각 따윈 하지 마. 창밖에 네가 생각하듯 목가적 풍경이 펼쳐져 있을 리가 없어. 그의 삶이 그랬던 것처럼, 돌풍이 휘몰아쳐 이 방 안의 것들을 죄다 들쑤셔 놓을지 모른단 말이야. 이 정도의 환상만이라도 지킬 수 있도록 창은 그냥 그대로 두라고.

동물 풍선 사세요, 손님. 느닷없는 한마디에 난 멈칫했어. 거리의 풍선 장수가 어느새 내 옆으로 다가와 말을 건네고 있었으니까. 바로 전까지 카페 창으로 그 피에로 분장의 풍선 장수를 내려다보고 있었거든. 자정 무렵이었어. 갑자기 뿌리기 시작한 비에 허둥대던 그의 모습이 보이고 잠깐 뒤의 일이었어. 벙거지 모자를 뒤로 젖혀 쓰고 여느 날처럼 빨간 코에 하얀 분칠을 한 피에로 분장의 풍선 장수…… 온몸에 바람이 잔뜩 든 문제아들이에요, 손님. 깍쟁이 푸들도 있고요, 제 혈통도 모르는 철부지 새끼 오리, 앞다리와 뒷다리 길이가 똑같은 돌연변이 토끼도 있어요. 급작스런 비 탓이었는지 그는 평소보다 이른 시간에 나타났지. 륙색을 메고, 손에는 동물 모양 풍선 몇 개가 들려 있었어. 옆 테이블 손님이 가버리는 것에도 상실감이 느껴지는 그런 날이었어. 묵묵히 술만 들이켜던 나는 그의 출현이 내심 반가웠지. 구경이나 좀 합시다. 나는 선뜻 내 옆의 의자를 내밀었어. 그리고 종업원에게 술잔도 하나 청했지. 풍선 장수는 손에 들고 있던 동물 풍선을 조심스레 테이블에 올려놓더군. 풍선보다 그에게 더 눈길이 갔지. 가까이서 보니 옷과 륙색이 군데군데 빗물로 얼룩져 있더군. 낙타 눈썹만큼이나 짙고 긴 속눈썹 아래로 그의 눈동자가 유난히 반짝였어. 처음엔 소년인 줄 알았다가 나중엔 이십대 대학생쯤으로 여겼는데, 바로 곁에서 보니 남자가 아닌 여자더라고. 속눈썹이 깜박거릴 때마다 감춰진 여성성이 또렷이 드러났지. 함지박처럼 그려진 입의 빨간 물감이 빗물에 지워져 흘러내리는 걸 보고 나는 얼른 냅킨을 내밀었어. 그녀가 그걸 얼굴로 가져가는 순간, 불쑥 짓궂은 생각이 들었지. 나는 동물 풍선에 관심을 갖는 척하다가 취기를 빌려 말했어. 풍선 장수 아가씨, 떡 본 김에 제사라고 그 어릿광대 가면을 한번 벗어보는 건 어떻겠어요? 일순간 그녀의 얼굴에 경계의 빛이 스치나 싶더니 곧 유쾌한 웃음이 흘러나오더군. 그 웃음에 나는 안도했지. 이 동물 풍선을 사주시면 그렇게 할 수도 있어요.

그녀가 말했지. 그러지요. 백조 혈통의 새끼 오리로 한 마리 줘요. 지갑을 꺼내며 내가 말했어. 한 마리가 아니라 다 사주셔야 해요. 나는 내 동물들을 다 팔기 전에는 절대로 분장을 안 지우거든요. 그나마 행운이라 생각하세요. 오늘은 몇 마리밖에 안 남았네요. 토끼와 푸들과 오리 한 마리씩밖에…… 이 놈들이 다 팔려나가야 이 가면을 벗을 수 있어요. 그래야 이 녀석들이 새 주인을 만나 행복해진다는 주술적 의미도 담겨 있지요. 상술인지 주술인지 모르겠지만 원하는 대로 하지요. 어머, 눈치채셨나요, 제 상술…… 그녀는 재치 있게 내 말을 받아넘겼어. 결국 나는 풍선 장수 여자의 상술과 주술, 둘 다에 걸려든 셈이었지.

피에로 분장에서 벗어난 풍선 장수는 여자로 변신해 있었어. 눈가에 잔주름이 물결처럼 일어도 눈은 어린아이처럼 맑고 반짝였지. 긴 여행에서 돌아와 무거운 짐을 내려놓고 숨을 고르는 집시처럼, 지친 듯하면서도 야성미가 깃든 얼굴이었어. 사실은 이 얼굴이 진짜 가면인지도 몰라요. 그녀는 양심선언이라도 하듯 말하더니 한바탕 웃음을 쏟아냈지. 그 웃음소리에 나는 무장 해제되었어. 통성명이나 할까요? 나는 이름을 소개하며 손을 내밀었고 그녀도 응해왔지. 유령이라고 해요. 네? 나는 잘못 들었나 하고 반문했어. 본명이 유희령, 친한 친구들은 '유령' 또는 '령'이라고 하죠. 하하, 유령. 귀신이 곡이라도 할 만큼 예쁘고 신비로운 이름이네요. 우린 그렇게 만났지.

그랬지. 순수하게 장사꾼과 손님으로 만난 거였어.

나는 일거에 내 식구가 되어버린 테이블 위의 동물들을 하나씩 살펴보며 마음을 진정시켰어. 푸들의 갈색 눈, 오리의 푸른 눈, 토끼의 빨간 눈을 번갈아 들여다보았어. 직접 그린 건가요? 그럼요, 내 자식들인걸요. 내 입김을 불어넣어 그놈들 몸뚱일 만들었고요. 이 손으로 얼굴이며 팔다리, 꼬릴 만들고 눈과 코, 부리도 그려주었답니다. 내가 이놈들 에미인 셈이죠. 령의 말을 들으며 나는 풍선 그림을 찬찬히 들여다보았지. 어떤 작가든 작품에 자신의 알리바이를 남긴다잖아. 령의 풍선 그림에서도 그걸 실감할 수 있었어. 놈들은 하나같이 주인의 눈을 닮았더군. 외로움과 반항기가 묻어나는, 눈동자가 또록 굴러 나올 것처럼 반짝이는 눈이었어. 한잔하시겠어요? 동물 풍선을 한쪽으로 치우면서 나는 잔을 내밀었지. 그러죠, 한꺼번에 자식들을 잃고 나니 서운해서라도 한잔해야겠네요. 검은 물감이 밴 손가락으로 령은 잔을 잡았지.

그날, 나로서는 운이 좋았어. 갑자기 쏟아지는 비를 피할 수 있었고 남은 물건을 한 번에 해치울 수 있었으니까. 환 덕분에 일은 일찍 끝났고 술까지 한잔할 수 있었으니 남는 장사였어. 젊은이들로 바글거리는 종로 뒷골목의 싼 술집들이 문을 닫는 자정이면 내 장사의 1부가 끝나는 셈이지. 그다음에는 자정 넘어서까지 하는 고급 카페를 돌다가 그래도 물건이 남으면 마지막엔 포장마차를 돌게 돼. 그 시간이면 사람들은 취해 있게 마련이지. 그들을 상대로 내 동물 풍선을 파는 건 그리 쉬운 일이 아니야. 어떤 손님은 장사꾼인 나를 거리의 여자나 구걸꾼 취급하거든. 피에로 분장을 생각해낸 건 그 때문이었어. 한때 연극판을 기웃거린 전력을 되살려 머리를 짧게 자르고 소년처럼 가성을 내기 시작했어. 그러고 나니 제법 경쟁력 있는 장사꾼으로 변신하더라고.

환이 내게 진짜 얼굴을 보여달라고 했을 때, 내심 당혹스러웠어. 가면이란 게 어차피 벗겨질 운명이긴 하지만, 손님의 그런 요구는 불순하게 마련이잖아. 내가 가면 벗는 걸 스트립쇼 정도로 착각하는 치들도 있거든. 동물 세계의 본능과도 같은 지배욕 비슷한 감정 아닐까. 그들은 고객이고 나는 장사꾼인데다 또 여자니까. 처음에는 그런 상황에 맞닥뜨리면 나도 여지없이 날카로운 발톱을 드러냈지. 하지만 차츰 이해하게 되었어. 이 사람도 일하면서 나처럼 힘들었나 보다. 상사로부터 스트레스를 받기도 하고 때론 모멸감을 느끼기도 했을 테고…… 그러면 불쾌감은커녕 동병상련의 감정까지 느끼게 되더라고. 환, 네 경우가 그랬다는 건 아니야. 그랬더라면 내 동물을 사주는 대가로 맨얼굴을 내보이는 따위의 흥정을 하지는 않았을 테지. 아무리 내 피에로 분장이 빗물에 얼룩졌다 하더라도 말야. 그보다는 사실 어떤 두려움 같은 게 더 컸어. 뭐랄까…… 대책 없고 불온한 연애 감정 같은 거. 이 맑은 목소리의 젊은 남자한테 마음이 기울지도 모른다는 달콤하고도 가슴 아픈 환상을 갖는 거 말이야.

그 카페의 단골은 대개 환처럼 여유 있는 남자들이었어. 환 또래의 젊은 남자보다는 중년층이 많긴 하지만. 단란한 가정과 눈길을 끌 만한 사회적 지위, 경제적 능력까지 갖춘 사람들이 대부분이지. 그럼에도 허전한 날이 많아 밤이면 홀로 그곳을 찾아 취기에 몸을 내맡기고 싶어하는 부류들…… 그들은 남과 얽혀드는 건 별로 좋아하지 않아. 혼자 조용히 술을 마시고 음악을 들으면서 즐기는 타입이거든. 옆자리에 말이 통하는 사람이 앉으면 간간이 잔을 부딪치며 얘기를 나누기도 해. 사막이나 초원의 사파리 여행, 아찔한 절벽 아래로의 번지 점프, 혹은 일곱 마리 고양이를 식솔로 둔 자신의 처지에 관해 늘어놓으면서 말이야. 하지만 서로 명함을 주고받거나 뒷날을 약속하며 인연의 고리를 만드는 일 같은 건 하지 않아. 빌딩 숲 바람처럼 스쳐가 버리지.

초보 장사꾼 시절에는 자의식이 자주 발동해 나 스스로도 힘들었어. 그들이 나라는 존재를 불편해하거나, 시켜놓은 비싼 술과 안주를 남겨두고 무심히 일어서곤 하는 모습을 보면 말이야. 하지만 익숙해지더라고. 세월이란 물 같은 것이어서, 뭐든 희석시켜버리잖아.

령의 분장 솜씨는 남달랐어. 영화나 연극, 혹은 놀이공원에서 마주친 어떤 피에로도 그만큼 생동감 있고 색감이 살아 있다는 인상을 받은 적이 없었으니까. 또렷한 이목구비나 매끄러운 피부 아니면 색감의 조화, 혹은 섬세하고 고운 선 때문이었을까? 화가가 꿈이었으니 손재주가 남달랐을 테지. 하지만 그것이 결정적 이유는 아닌 것 같았어. 손끝 감각이나 얼굴 생김새만으로 빚어낼 수 없는 독특한 기운이 묻어났거든. 어떤 색의 물감으로도 표현할 수 없는 령만의 분위기, 그 마력에 이끌려 나는 그 카페의 단골이 돼버렸어.

가면이란 좋은 점이 많아. 익명성을 지켜주기도 하지만, 무엇보다 든든한 벽이 되어주니까. 분별없는 욕구나 열정을 다스리는 데도 도움이 되고 말이야. 가령 커피숍이나 칵테일 바 같은 델 돌다가 멋진 남자와 맞닥뜨린다든가 했을 때, 마침 그가 내 손님이 되어 그 목소리가 나를 사로잡을 때, 그럴 때 어릿광대 얼굴은 내 처지를 일깨우며 그와 나 사이에 벽을 만들어주거든. 감정을 추슬러 터무니없는 환상에 빠지지 않도록 지켜주는 거지. 나는 그저 '내 자식들을 팔러 나온 장사꾼에 지나지 않아', 그리고 그 남자는 '동물 풍선을 사주는 사람일 뿐'이라는 현실을 분명하게 일깨워주는 거. 하지만 환, 너는 성급하게 그 벽을 허물려고 했지. 누나라고 불러도 될까요? 술병을 거의 다 비웠을 때였어. 아니면 내가 스스로 그 벽을 허물었던가…… 아마도 가면을 지워버렸기 때문일 거야. 스스로 방어할 마지막 무기를 내던져버린 꼴이었지. 누나라고 불러도 돼요? 치기 어린 목소리로 넌 내게 또 물었지. 나는 너의 눈을 똑바로 바라보며 대답했지. 아니, 그냥 령이라고 불러, 환.

령이 내 삶으로 성큼 들어서고, 한동안은 제정신이 아니었어. 정신 좀 챙기고 살아. 무슨 일 있어? 동료 직원이 복사기에 두고 온 기획서 원본을 내 책상에 던지며 핀잔을 주었지. 오늘 조찬회의 있는 거 모르셨나요? 출근길 휴대폰에서는 후배 여직원의 당혹해하는 목소리가 흘러나오기도 했어. 구름 위에 오른 듯 세상이 도통 현실감 없는데도 '살아 있다'는 느낌만큼은 생생했어. 오랜만에 느껴보는 감정이었지. 풋풋한 열정과 흥분이 새롭게 내 삶을 채우기 시작했어.

결국은 원래의 자리로 돌아올 뿐이라는, 마지막 연애의 교훈을 뼈저리게 느끼면서도 모험을 향해 치닫는 내 발길을 제어하기 어려웠지. 환도 마찬가지였어. 너무 서운해하지 마, 령. 지금 연수원으로 가는 중이야. 일주일은 걸릴 거야. 만난 지 한 달쯤 되던 날, 일요일이었던가. 고속도로에서 넌 내게 전화했지. 일주일에 하루는 같이 보내고픈 기대가 무너진 데 대한 나의 상심을 정확히 읽고 있었어. 다음 휴게소에서 넌 또 전화를 했지. 령, 다 포기하고 그냥 돌아가버릴까? 고속도로에서 차를 돌리기라도 할 듯 흥분한 목소리였지. 아니야 환, 그냥 예정대로 다녀와. 그렇게 말하면서도 나는 우리의 미래를 보는 느낌이었어. 거침없이 뚫린 그 탄탄대로에서 네가 달려간 길을 거슬러 내게 돌아오긴 쉽지 않을 거라는…… 네 앞에 펼쳐진 길, 네가 속해 있는 반듯한 세계가 내 눈에 또렷이 보였거든. 난 짐짓 차분한 목소리로 말했지. 내가 옆자리에 앉아 있다고 생각해, 환. 목적지까지 나와 같이 가는 거야. 위안과 신뢰의 말로 너를 안심시키고 나는 수화기를 내려놓았어. 하지만 내 생각은 내려진 수화기와 함께 끝나지 않았어. 눈에 선히 보이는 우리 관계의 가슴 아픈 결말이 내 가슴을 헤집어놓았지.

이 그림을 발견했던 날 생각이 나네. 눈이 엄청 퍼붓던 날이었지. 군화를 벗은 후로 제일 많이 걸었던 것 같아. 화랑이 늘어선 길로 들어서면서 내가 지친 목소리로 중얼거렸어. 한나절 가까이 눈길을 걸어다녔지. 길 위에서 령은 언제나 활기에 넘쳤어. 먼저 녹초가 되는 건 매번 나였으니까. 일찌감치 어둠이 내려앉고 가게 불빛이 또렷해지기 시작했지. 사거리 어디쯤에선가 몸도 녹일 겸 차를 한잔하려고 걸음을 옮기던 중이었어. 어, 고흐 그림이네! 어느 가게 앞을 지나다 우리는 약속이라도 한 듯 동시에 외쳤지. 오렌지빛 조명이 비추는 그림 속 침실이 그렇게 따스해 보일 수 없었어. 둘 다 그림 앞에 넋 놓고 서 있었지. 우린 내심 그런 공간을 갈망하고 있었던 거야.

저 그림의 운명도 그날 우리 눈에 띄면서 결정 난 셈이지. 예정된 길을 따르듯 이곳으로 옮겨와 저 벽에 걸렸으니.

이 집에서의 하룻밤은 늘 특별했어. 시멘트 마당을 두드리거나 넓은 호박잎 위로 떨어지는 빗소리하며, 바람이 심하게 부는 날은 옆집 옥상의 낡은 양은 대야가 굴러다니는 소리와 녹슨 함석 물받침이 들썩이는 소리가 생생하게 들려왔지. 일상의 소음이 한데 어우러져 내는 다채로운 소리의 향연이었어.

이 좁은 침대에서 하룻밤을 보낼 때면 환은 늘 내 집에 대한 매력에 사로잡히곤 했어. 장마철이면 빗물이 들이치고, 한파에 수도가 얼고 변기 물이 내려가지 않아 짜증스럽게 하는 이 집을, 내게 수시로 탈출을 떠올리게 만드는 집을 환은 살아 숨쉬는 집으로 보는 여유를 가졌지. 그럴 때면 나는 한번씩 그런 생각을 했어. 신이 있어 이 땅 위에서 놀이를 한판 벌인다면, 세상 모든 것들을 한 번씩 자리 바꾸게 하면 어떨까 하고. 이를테면 뒤집기 놀이 같은 거지. 백조를 오리로, 고양이를 쥐로, 백인을 흑인으로, 여자를 남자로, 환을 령으로 또 그 반대로도…… 그런 놀이가 끝난 후의 세상은, 사람은 또 어떻게 변할까?

고흐의 저 「아를의 집」처럼 나도 마음을 같이 나눌 사람들과 함께 사는 삶을 꿈꾼 적이 있었지. 어릴 적 꿈이긴 하지만 말야. 우리 집도 노란 집이었어. 울타리 밖으로 내팽개쳐진 아이들이 영문도 모른 채 맑은 눈을 반짝이며 오종종 모여 있는 곳. 민들레처럼 땅에 착 달라붙어 강인하게 살아가라는 뜻에서 '민들레 집'이란 이름이 붙었지. 하지만 나는 납작하게 엎드린 그 꽃이 마음에 들지 않았어. 오히려 훨훨 자유롭게 날아다니는 솜털 같은 꽃씨의 운명이 나를 더 사로잡았지. 열여섯 번째 생일날, 난 사람들의 기대를 뒤로한 채 화구를 챙겨들고 그곳을 도망쳐 나왔어. 그 순간이 내 생애 최고로 자유로웠던 때인 것 같아. 그 집을 뒤로하고 세상을 향해 내달릴 때의 그

벅찬 감격을 어떻게 잊을 수 있겠어. 하지만 내가 그토록 꿈꿔 왔던 세상이란, 크고 작은 감옥투성이라는 걸 얼마 못 가 깨달았지. 자유란 노란 집에서의 생활이 만들어낸 나의 판타지에 지나지 않았어. 그래도 나의 선택을 되돌릴 순 없었지. 악착같이 살아남기로 했어. 민들레처럼 땅바닥에 납작 엎드려 사는 한이 있더라도.

령, 우리가 처음으로 다투던 날 기억나? 주말 밤의 마지막 상영 영화 「엘비라 마디간」을 보고 난 뒤였지. 영화가 끝나고 우리는 출출한 배를 채우기 위해 포장마차를 찾았잖아. 허겁지겁 우동 국물을 들이켜던 내게 령이 뜬금없는 질문을 했어. 남녀 주인공이 도피 행각을 벌이면서 지갑을 몇 번이나 확인한 줄 알아? 글쎄…… 나는 그 영화를 두번째 보았지만 그 장면을 눈여겨본 적은 없었어. 대개는 주제곡 선율이나 엘비라 마디간이 줄 타는 장면, 그리고 마지막 피크닉에서 두 사람이 자살하는 장면 등을 인상적으로 떠올리는 영화였거든. 웬일인지 령은 아주 시니컬해져 있었어. 우동 그릇을 앞에 두고 젓가락도 들지 않은 채였지. 결국은 그들의 사랑도 지갑 속의 돈이 바닥나면서 끝장날 수밖에 없었던 거라고. 영원히 도피할 자금만 있었더라도 자살 같은 건 하지 않았을 거란 말이지. 그 영화는 그저 한 편의 사랑 이야기일 뿐이야, 령. 면발 불기 전에 빨리 먹기부터 하라고. 불륜이 아니라 사랑이라 말하네, 환. 그래, 사랑 없는 불륜이란 게 가능하기나 하겠어? 내 목소리도 같이 높아져 갔지. 맞아, 결코 이루어질 수 없는, 이루어져서도 안 되는 엿 같은 사랑이지. 계급 탓에 비극적일 수밖에 없는 사랑 말이야. 그 계급의 다른 이름이 뭔 줄 알아? 그들처럼 불륜일 수도 있고 재력일 수도 있고, 우리처럼 나이 차와 또 각자가 처한 환경 같은 것일 수도 있겠지. 령은 작정이라도 한 듯 감정을 쏟아놓았어. 그런 일은 처음이어서 난 당황했지. 그런 것들이 여전히 우리 관계에 걸림돌이 된다고 여기는 령의 생각이 내겐 의외로군. 나도 시니컬하게 받아쳤어. 환, 그렇게 나를 위로하려 들지 마. 령, 어느 연인이든 이만한 문제 하나 없겠어? 문제는 령이 그런 문제에 의연할 만큼 우리 관계에 대한 자신감, 아니 확신이 없다는 거야. 나 역시 지지 않고 되받아쳤고 령은 긴 침묵에 빠져들었지. 결국 령은 우동 그릇에 젓가락질 한번 하지 않은 채 일어섰어. 우리는 포장마차를 나서서 새벽 거리가 부옇게 밝아올 때까지 하염없이 걸었어. 사거리 횡단보도 앞 빨간 신호등 앞에 서 있을 때였어. 환, 엘비라 마디간처럼 내게도 권총이 하나 있었으면 좋겠어. 나직하게 한마디 하고 령은 웃음을 쏟아놓았지. 그 소름끼치는 웃음이 새벽 공기를 가르며 사거리 아스팔트 위로 번져나갔어.

질투, 소유욕, 피해의식 같은 것들. 이십대를 끝으로 다 청산했다고 생각했던 유치하고 속된 감상들이 내 속에 여전히 똬리 틀고 있음을 알았을 때의 당혹스러움이라니…… 환을 만나고부터 그것들이 하나씩 고개를 들더라고.

네겐 결핍이라곤 손톱만큼도 찾아볼 수 없었지. 꽉 찬 보름달처럼 모난 곳도 이지러진 곳도 없었어. 난 거기에 걸려 넘어졌던 거야. 구김살 하나 없는 와이셔츠, 고급 바의 단골이 될 수 있는 경제적 여유, 타인의 상처에 눈길이 머무는 예민한 심성, 세상을 바라보는 따뜻한 시선, 나와는 무관했던 환의 그런 것들이 나를 사로잡았을 거야. 맑은 눈빛 혹은 그윽한 목소리에 빠져들 만큼 맑고 풋풋한 시절은 나도 지나온 지 꽤 되었으니까. 날은 추운데 풍선은 팔리지 않고 따뜻한 실내 공기가 간절할 때면 그런 생각이 절로 들어. 나도 풍선에 덤으로 얹혀 맘씨 좋은 주인에게 팔려가면 좋겠다고. 하지만 숱한 좌절은 내 생존의 지혜를 날로 키워주었지. 연애는 하되 소유와 집착 따윈 괄호 처리할 것. 벽에 부닥칠 때마다 그렇게 나를 단련시켜왔어. 그것이야말로 나다운 연애 방식이라면서……

세상에서 그럴듯해 보이는 모든 것들은 소유하기까지가 최고의 의미인지도 몰라. 령을 만나던 날, 실은 어려운 시험을 통과한 날이었어. 장밋빛 미래가 보장되는 날이기도 했어. 축하 회식이 끝나고 나오는데, 그토록 바랐던 걸 손에 넣었음에도 이상하게 가슴 한켠이 허전했어. 그 공허함을 달래려고 카페에 들렀던 거야. 내가 지금까지 고작 이걸 손에 넣기 위해 그토록 미친 듯 달려왔던가, 하는 회의와 함께 걷잡을 수없는 허탈감이 밀려왔지. 비가 뿌리기 시작하는 창밖을 물끄러미 보는데, 지금껏 그렇게 숨가쁘게 달려오느라 다른 한쪽 세상은 창밖 풍경처럼 스쳐왔다는 자각이 드는 거야. 외로웠어 연애의 기억도 가물가물했고…… 성취감과 공허 그 둘 사이를 시계추처럼 오갔지. 마침 령이 내 앞에 나타났어. 외계인처럼 낯설고 신선한 존재감으로……

이 그림을 발견했던 날은 크리스마스를 얼마 남겨놓지 않은 때였지. 환, 나는 너에게 한번쯤 근사한 선물을 하고 싶었어. 언제나 받기만 했고, 변변한 선물 한번 한 적 없었으니까. 그 그림을 보는 순간, 바로 이거야라는 생각이 들었지. 자신 있게 가게 문을 밀고 들어가 주인에게 그림값을 물었어. 그건 내 능력을 훌쩍 뛰어넘는 가격이었지. 결국은 환이 내게 그림을 선물해주었어. 그림이 내 손으로 건네지는 순간, 나는 우리 관계의 숙명과도 같은 일방성을 또렷이 보았던 거야.

유리컵에서 밥공기까지 이 집 안의 물건은 어느 하나 같은 거라곤 없었지. 심지어 령이 만든 동물 풍선도 한결같이 외톨박이였어. 백조 한 마리, 토끼 한 마리, 거북 한 마리…… 저 커플용 커피잔 어때? 저 테디 베어 한 쌍은? 나는 가게를 지날 때마다 눈에 띄는 물건을 열심히 사 모았지. 커피잔도 커플용으로 만들면 곱절로 남길 수 있잖아. 그러니 동물 풍선도 한 쌍씩 만들라고. 외톨박이로 내보내는 건 좀 잔인한 일 같지 않아?

하나의 존재와 그것의 닮은꼴이 또 하나 있다는 사실 말이야, 난 그게 참 이상하고 불편해. 심지어는 불안하기까지 하다고.

어떤 것이든 살아남기 위해 짝짓기는 필수 아냐. 생존의 기본 조건을 령이라고 무시할 수 있겠어?

동족의 주둥이를 물어뜯고 사는 물고기가 있대. 도망가는 놈의 꼬리지느러미라도 물어뜯어야 직성이 풀리는…… 한 어항에 결코 두 마리가 살 수 없는 운명을 타고난 물고기.

령, 설마 우리가 어항 속으로 들어가야 할 운명에 처해지는 건 아니겠지.

사랑이라고 다르겠어, 시간이 흐르면서 바래가는 게…… 세상 모든 연애가 운명처럼 가는 그 길 앞에서 우리라고 뾰족한 수가 있을까. 환, 너에게 다가갈수록 그런 자각이 강하게 들어. 예전처럼 갈 데까지 가보자는 식의 열정 같은 건 이제 남아 있지도 않아. 처음부터 우린 너무도 다른 길 위에 놓여 있었어. 네 앞에 놓인 길을 보면 알잖아. 고속도로처럼 펼쳐진 저 탄탄대로에서 유턴이란 게 가능하겠어? 곧은 차선과 제한 속도와 신호를 지켜야 하는, 그런 반듯하고 곧은길은 내겐 어울리지 않아. 맞지 않는 유리 구두처럼……

령, 길도 흐르는 물 같은 거야. 결국은 만나게 돼 있어. 차를 타고 달려보면 알잖아. 비탈길은 평지와, 국도는 또 고속도로와 연결되는 것처럼. 가끔은 차에서 내려 좁은 오솔길이나 비탈진 산길을 걸어야 할 때도 있잖아. 그럴 때 길을 잃고 헤매지 않으려면 유능한 길잡이도 필요하고……

고흐의 그림에 매료되었던 고갱도 결국은 그를 떠나 도망쳐 버렸어.

고흐가 끓인 수프를 먹어야 했다면 나라도 그랬을 거야. 그러고 보면, 고갱도 생각이 짧거나 게으르거나 둘 중 하나야.

자신이 그 수프를 대신 끓일 생각 같은 건 왜 못했을까. 물감 뚜껑도 대신 좀 닫아주면 될걸. 고갱도 분명 어린 타히티 여자가 끓인 수프는 군말 않고 먹었을 거란 말이지.

그랬을 테지…… 기꺼이 자기 걸 포기하고도 행복한 상황이란 게 있을 테니.

모든 게 취향의 문제라고. 내가 령이 만든 동물 풍선을 왜 좋아하는지 알아? 령의 말대로 바람이 잔뜩 든 문제아라는 점도 흥미롭지. 하지만 더 마음에 드는 건 한결같이 살아 있는 그 표정이야. 령을 빼닮은 눈이 유난히 반짝이거든. 그 이유를 나는 한참만에야 깨달았지. 바로 그 속에 깃든 물기 때문이라는 걸.

놀랍군, 환. 아직도 눈물을 보석처럼 바라보는 시선을 가졌다니…… 하지만 오래지 않아 그걸 청승이나 신파처럼 여기게 될 날이 올 거야.

난 앞날은 몰라, 령. 내겐 언제나 현재가 제일 중요해.

시간이란 생각보다 빨라, 환. 미래는 하루아침에 코앞에 당도해 있지.

또 나를 가르치려 드는군, 령.

어쩔 수 없어 환, 나는 너보다 십 년이나 더 세상을 겪었으니……

내겐 이 그림이 훗날 이 방의 변모된 모습처럼 보이는걸. 누군가를 기다리고 있는, 지치고 힘든 발걸음으로 문을 두드리면 반갑게 맞아줄 것 같은 여유와 따뜻함이 깃든 곳……

고흐도 이 그림에 꽤나 집착을 했지. 요양소에 갇혀 있을 때 그는 이 침실 그림을 다시 그리기 시작했대. 원본과 거의 흡사하게 두 장을 더 그렸다지. 가끔 그 일이 궁금하기도 해. 그가 왜 이 그림에 그토록 집착했는지……

그도 한 장의 그림으로는 뭔가 부족하다고 느꼈을 거야. 아마도 그는 짝을 맞추기 위해서 그러지 않았을까. 그가 정신병원으로 들어갈 수밖에 없었던 건 분명 고독과 외로움 때문이었을 거야.

환, 저 방은 우리의 기대를 담은 채 저렇게 비워두자고. 이대로 꿈을 꾸는 것도 괜찮은 일일 거야. 비어 있어서 채워질 수 있는……

령, 그새 발이 많이 따뜻해졌어. 이제 우리 나란히 누워볼까?

아냐, 환. 그냥 이대로 있어. 제발…… 숨이 막혀오는 것 같아.

조금만 참아봐. 곧 익숙해질 테니. 그래, 그렇게 눈을 지그시 감고 숨을 고르며 마음을 안정시켜봐. 하나둘 천천히 호흡을 가다듬으며……

환, 어떤 때는 정말 그림 속 저 침실이 너무도 생생해 소름이 돋기도 해. 누군가 저 문을 두드려대는 것 같고, 창문 틈새로 바람이 들어오는 것 같기도 하지. 그렇지만 환, 어쩌면 저 그림은 가짜인지도 몰라. 돈에 눈먼 누군가가 고흐의 모조품을 만든 건지도…… 하기야 가짜일 수 있는 게 어찌 저 그림뿐이겠어. 나에 대한 너의 사랑도 너를 향한 나의 감정도…… 우리의 사랑은 정말 진실일까, 환?

령, 그 불온한 생각도 숨 고르듯 잘 좀 길들여봐.

알았어, 환. 그런데 우리의 대화가 왜 아까부터 나만의 독백처럼 들리는 거지…… 내 품에 늘 안겨 있던 네 따뜻한 발은 또 어딜 가고? 환, 예전처럼 내 발치에 그대로 누워 있는 거 맞지? 대답 좀 해보라고, 환……

작품해설

이웃의 탄생, 혹은 영도(零度) 지점의 연대

황정아(문학평론가)

표명희의 이번 소설집 『내 이웃의 안녕』에도 현실 아닌 것에 절대 기대지 않으려는 작가의 완강한 자세는 여전하다. 섣부른 소망 성취가 사라진 자리를 발랄한 환상이 채우고 뒤이어 파국의 상상과 실재의 심연이 들어섰다가 물러나도록, 오로지 현실을 현실로서 응시하는 일이 생각만큼 쉽지는 않을 것이다. 오늘을 사는 대부분의 사람들이 절감하듯 이 현실이 그다지 '기댈 만한' 것도 '응시할 만한' 것도 못 된다는 데 우리 모두의, 그리고 표명희 소설의 일정한 곤경이 놓여 있으며, 어쩌면 반영이라는 미학적 범주의 한계도 이와 무관하지 않다. 거울을 들여다보는 듯 내 삶과 별반 다르지 않은 고단하고 갑갑한 이야기와 고스란히 마주해야 하기에, 표명희의 소설을 읽는 것은 그리 만만한 경험이 아니다.

'독신자'라기보다 '독거인'이란 표현이 더 어울릴 이들의 세계를 주로 다룬 전작들과 마찬가지로, 이 소설집의 인물들도 하나같이 위태로운 삶을 혼자 감당하는 사람들이다. 「씨에로」의 규가 사실상, 그리고 '나'가 모든 면에서 그렇고, 동거녀가 떠나버린 「달팽이를 길러야 할 때」의 카메라맨 화자가, 「쇼핑 좋아하세요?」의 학원강사 지영과 프리랜서 티시 일주가, 「내 이웃의 안녕」의 시간강사 빈, 「바닥」의 고시원 거주 취업준비생, 「소품」의 영화사 스태프가 그러하며, 환과 령 두 사람의 대화인 듯 시작된 「고흐의 침실」마저 끝내 령 혼자의 회상으로 귀결된다. 이들이 소통의 무의미를 절감하여 단호히 고립을 결단했다거나 남달리 문제적인 자질로 인해 세계와 화해하기 힘든 예외적 인물이었다면, 혼자일망정 의미 있는 단독자가 되기는 훨씬 쉬웠을 것이다. 하지만 표명희의 소설은 인물들에게 그와 같은 독특한 자리를 마련해주지 않으며, 오히려 단독자란 결국 소외된 자의 다른 이름임을 냉정하게 드러낸다. 이번 소설집을 관통하는 하나의 질문은 이렇듯 '타자'라는 이름마저 어색하지 않을 "희미하고 불안정"(14쪽)한 사람들에게 '이웃'이란 누구이며 어떤 의미인가 하는 것이다.

결단과 선택에 따른 독거가 아니기에 이 소설집의 인물들은 누군가 혹은 무언가와 만나는 일을 구태여 피하지 않으며 자못 용기 있는 만남을 감행하기도 하는데, 이를테면 「쇼핑 좋아하세요?」의 지영이 했던 일이 그에 해당한다. 지영이 애초에 만남을 도모하는 대상은 정확히 말해 이웃이 아니라 이웃의 장바구니다. "결핍이란 단어 따윈 끼어들 여지가 없는 압도적인 풍요, 그것을 온몸으로 실감"(79쪽)하는 지영의 대형마트 쇼핑은 보관대에 놓인 남의 장바구니를 집는 버릇으로 이어진다. 시간에 쫓긴 나머지 시작된 이 버릇은 어느새 장바구니 주인의 삶을 추측하고 취향을 공유하는 행위로 바뀌며 지영은 마치 "누군가의 식사에 초대받은"(98쪽) 것 같은 그 기분에 중독되기에 이른다. 직접 장을 본 것인 양 "소비하는 내내 즐겁고 행복했던 바구니"(98쪽)의 주인에게 발각되면서 "장바구니를 매개로 한 이웃 순례"(98쪽)는 마침내 지영을 실제로 이웃에게 매개해준다. 지영을 식사에 초대한 '그녀', 일주의 얘기를 듣다 보면 두 사람의 공통점이 음식 취향에 그치지 않는다는 사실이 드러난다. 허리띠를 졸라맬 상황인데도 쇼핑 습관을 버리지 못해 너무 많은 것을 집어넣은 그 장바구니는 일주에게도 "실은 내 거라고 할 수도 없는 거"(102쪽)였기에 번번이 보관대에 놓이게 되었던 것이다.

반 토막 난 수입 때문에 곧 비워야 할 지영의 오피스텔을 보며 일주가 부러워하는 것이나 지영은 지영대로 속사정을 털어놓지 못한 채 '마지막 만찬'으로 일주를 접대하게 될 것도 실상 두 사람의 어긋남보다는 닮은꼴을 도드라지게 한다. 자신의 처지를 직시하는 일을 마지막까지 미루는 것, 할 수 있을 때까지는 취향을 고집해보는 것, 그리고 무엇보다 자신이 지속 불가능한 생활수준에 헛되이 미련을 두고 있음을 안다는 것이 둘의 공통점이기 때문이다. 이 단편에서 일정 지점까지 '그녀'라 지칭되는 존재가 지영과 별도의 인물임이 슬쩍 감추어진 채 진행되는 것도 둘 사이의 공통점을 강조해주는 대목이다. 이처럼 두 사람에게 '이웃'이란 무엇보다 같은 처지라는 사실에서 변별력을 얻는 존재이다.

표제작 「내 이웃의 안녕」에서는 그 점이 더한층 부각된다. 언제든 속절없이 잘릴지 모를 '시한부' 강사 빈에게 이웃이라는 표현에 가장 아름답게 부합하는 위층의 단란한 가족은 오히려 "자신을 알아볼 리 없"(110쪽)는 사람들일 뿐이다. 여기서 그를 이웃으로 인도하는 매개는 언제부턴가 흘러들어와 호흡기 허약 체질인 그를 괴롭히는 담배 연기다. 이 참기 어려운 담배 연기는 그를 성가시게 만들었던 우편물 도난 사건의 기억을 떠올리게 하고, 그때 태연히 책을 집어가던 아래층 107호를 이번 사건의 범인으로 단정한 빈은 도무지 만나지지 않는 그가 "대체 어떻게 생겨먹은 인간인지 궁금"(123쪽)해진 나머지 그 자신이 107호의 우편물을 뒤지기에 이른다. 여기서도 빈과 107호 사이의 공통점은 책을 좋아하는 '먹물형'

이라는 것부터 쪼들리는 형편에 이르기까지 하나씩 밝혀진다. 그리하여 어느 지점부터 빈은 107호를 '향한' 행위를 시작한다. "하나같이 칙칙하고 암담한 것투성이"(125쪽)인 107호의 우편물을 버리는 것이나 실직한 그의 소일거리를 위해 헌책을 내놓는 것이 그런 일이다. 마침내 담배 연기가 사라지자 빈은 "자신이 가장 바람직한 해결책이라고 생각했던 대로 107호 남자가 다시 일자리를 찾은 거라고 추측"하는 한편으로 "매몰되어 있던 지하 갱도에서 한 사람이 먼저 구출되고 혼자 남겨진 기분"(131쪽)을 어쩌지 못한다.

빈이 하필 107호를 주목하는 이유는 「쇼핑 좋아하세요?」에서와 마찬가지로 철저히 같은 처지에서 오는 공감이다. 빈에게 107호가 실상 말 한마디 나눈 적 없는 이웃임을 감안할 때 그의 공감은 다분히 자기감정의 투사라고 할 수도 있을 것이다. 하지만 이 소설집에서 이웃은 그저 가까이 사는 이들을 지칭하지 않는 것은 물론이고 오다가다 마주치거나 우연히 발견되지도 않는다. 여기서 이웃이란 누군가 공감을 발원함으로써 호명되는 존재, 더 정확히는 주체의 공감을 통해 비로소 탄생되는 어떤 자리이다. 따라서 이웃의 자리가 얼마나 성공적으로 혹은 지속적으로 채워지는가 하는 것은 그다음의 문제다. 그런 점에서 '같은 처지'라는 짐짓 객관적인 조건마저 일정하게는 공감의 심정에서 소급된 결과다. 이 단편에서

107호가 떠났다는 사실을 확인한 이후에도 그의 '안녕'에 대한 염려를 떨치지 못하는 빈은 결국 '흡연'으로 대표되는, 107호가 하고 있으리라 생각되는 행위들을 그 자신이 실행함으로써 스스로 이웃의 자리를 채운다.

표명희식 이웃의 탄생 과정은 「소품」이나 「고흐의 침실」에서처럼 때로 거부나 실패의 형식으로 나타나기도 한다. 옥탑방을 벗어나 낡았으나마 아파트 전세로 옮겨온 「소품」의 화자에게 결정적인 골칫거리는 한파에 멈춰버린 보일러이다. 하지만 이번에는 이 보일러가 그를 이웃에게 안내해주는 일은 일어나지 않는다. 보일러로 연결된 위층 사람은 화자에게 누수를 방치하여 자신의 보일러를 망가뜨렸음을 증명해야 하는 다툼의 상대일 뿐이고, 따라서 임시방편으로 전기난로를 빌려주겠다는 위층의 호의는 책임을 회피하려는 고도의 술수로 감지된다. 화자는 한줌의 온기가 아쉬운 처지면서도 차후의 단호한 분쟁을 위해 난로를 거절한 채 계속 추위에 시달리는 자학적 전술을 택한다. 한사코 공감을 주지도 받지도 못하는 화자의 성향은 똑같이 임금을 받지 못한 처지의 소품 담당 후배 A와의 전화에서 잘 드러난다. 체불 임금 문제를 나서서 해결하려는 후배에 비해 화자의 관심은 오로지 난로를 빌리는 데 가 있고, 대화 후의 상실감도 "'거사'에서 소외되어서가 아니라 십 분 난로에 대한 기대가 깨졌기 때문"(183쪽)이다. 당장의 자기 이해에 집중함으로써 공감의 자리를 극히 협소하게 만든 화자에게 이웃의 부재는 결국 작은 나사같이 삶을 구성하는 '소품'들에 우스꽝스럽도록 연연하게 만든다.

「소품」이 거부라면 「고흐의 침실」은 실패에 해당할 것이다. 연인의 이야기가 대화 형식으로 진행되는 이 단편에서는 같은 처지라는 것의 중요성이 새삼 확인된다. 이 연인은 나이와 자라온 환경과 성격이 대조적이어서 서로에게 끌리지만 그런 끌림이 공동의 새로운 공간을 만들어내지 못하는 데는 역시 다르다는 사실이 결정적이다. 실상 공동의 공간에 대한 요구 자체가 다르다는 점이 중요한데, 따뜻하고 낙관적이라 차이를 신선하게 받아들이는 환에 비해 "하나의 존재와 그것의 닮은꼴이 또 하나 있다는 사실"이 "불안하기까지"(227쪽) 하다는 예술가 령 쪽이 공감에 대한 요구는 오히려 절실하다. 령이 느끼는 것은 결핍의 조건에서 형성된 예민한 요구이기에 바로 그 결핍 자체를 공유하는 데까지 도달하지 못한다면 상대를 향한 다가감이 서로의 삶을 풍성하게 채워주는 데도 실패할 수밖에 없다. '고흐의 침실'을 읽는 령의 해석이 훨씬 날카로웠던 것처럼, 령의 독백으로 끝나는 마지막 대목은 그녀의 태도가 환을 밀어냈으리라는 느낌보다 결국 그녀의 스산한 현실 인식이 적중했다는 씁쓸함으로 다가온다.

그런데 같은 처지라는 데서 비롯되기도 하고 또 그런 처지를 형성하기도 하는 이런 공감, 그리고 이를 통해 탄생한 이웃이라는 것이 그리 대수인가? 여기서 같은 처지가 뜻하는 바가 대체로 어떤 무력함이라면, 하나의 무력함이 다른 하나와 만난다는 것이 더 큰 무력함 말고 무엇을 만들어낼 수 있을까? 아마도 이런 질문 자체가 시대적 징후일 것이다. 서로를 향한 약자들의 공감이 어떤 무엇보다 강한 연대를 만들어내던, 적어도 그렇게 느껴지던 때가 분명 있었다. 하지만 여기서 지영과 일주라는 두 이웃은 고작 무리한 소비를 대가로 '마지막 만찬'을 함께할 수 있을 뿐이며, 빈과 107호는 나눌수록 커지는 불안을 공유할 따름이다. 실상 그런 것 말고 달리 기대할 것이 없다는 생각이 오늘날 많은 사람들이 연대라는 단어 앞에서 느끼는 좌절감의 근원인지 모른다. 얼핏 '탈주'로 마무리되는 「바닥」도 그 점에서는 별반 다르지 않은 듯 보인다. 여행 자금을 노린 외삼촌의 더부살이는 "갑충류라는 자의식에 자꾸 빠져드는 한 마리 딱정벌레"(146쪽)로 고시촌에 갇혀 살던 화자가 마침내 여행을 떠나는 계기가 되어주지만, 이런 식의 탈주가 화자와 외삼촌의 '자리바꿈' 외에 어떤 돌파구가 되어줄지 모호하기만 하다.

그러나 이 소설집에 그려진 이웃의 탄생은 바로 그렇듯 '그것으로 무엇을 할 수 있는가'라는 질문에 전제된 통념적 타산에 저항한다. '아무것도 할 수 없는 듯 보이는 것'이 만드는 미세한 파동을 한사코 증언하려 하기 때문이다. 이 미세함을 상징하듯 「달팽이를 길러야 할 때」에 등장하는 이웃은 먹이 피라미드를 그리면 "맨 밑바닥 선, 그중에서도 볼펜 똥이 묻은 모서리 자리"(55쪽)에 있을 존재감도 미미한 달팽이다. 상추에 붙은 두 마리 달팽이를 발견하고 "식용 상추를 앞에 두고 있으니 달팽이나 그 자신이나 똑같은 포식자"로서 "경쟁 심리에 근거한 희미한 적대감"을 느꼈다거나 "달팽이처럼 몸을 감출 수 있는 단단한 외피가 자신에겐 없다는 사실이 아쉬웠다"(45쪽)는 길의 어이없는 첫 반응은, 그 자신의 처지를 에둘러 일러주는 동시에 이 미미한 '포식자'들 사이에 일말의 관계가 시작되었음을 알려준다. 길이 달팽이를 관찰하고 차츰 알아가는 과정은 사실상 '약자'에 대한 통념을 깨는 과정에 다름 아니다.

길은 "뼈도 핏줄도 없는 몸이 무슨 힘으로"인지 그렇듯 "유연하면서도 힘 있게, 잔잔한 파도가 밀려들 듯 조금씩"(50~51쪽) 나아가는 달팽이의 위엄에 매료된다. 수조에 얌전히 기식하는 복에 비해 틈만 나면 온 아파트를 탐험하는 쩜의 '안녕'은 번번이 길의 걱정을 사지만, 두 달팽이 중에 정작 살아남는 것은 오히려 쩜이다. 수조가 그들에게 "최적의 환경일 거라는 생각은 착각"(64쪽)이었음을 깨달은 길은 사람의 분비물과 곤충 시체와 음식 부스러기가 널린 아파트 전체가 달팽이 먹이로 가득하다는 것을 그제야 발견한다. 달팽이와 살아가면서 길은 일 년의 칩거에서 벗어나 다시 직장으로 돌아갈 동기를 얻는다. 그가 일을 그만둔 것은 배 전복 사고에서 살아남기 위해 열대 밀림에서 촬영한 다큐멘터리 필름과 고가의 카메라를 날린 경험 때문이다. 스태프의 안전보다 필름을 더 챙기는 P피디와의 작업에 복귀하면서 길은 어떻게든 악착같이 살아남는 인간보다 필름이 오히려 약자라는 그의 어이없는 정의론에 고개를 끄덕거리지만, 자기 어깨가 더는 떨리지 않는 이유가 실은 달팽이와 관련이 있음을 알아차린다. 이 단편에서 길과 달팽이의 '미니멀'한 관계가 만들어낸 의외의 역동성은 다소 상투적인 동거인 zz와의 만남과 이별의 대목들을 단연 압도한다.

「씨에로」 역시 '세계의 변혁'은 고사하고 서로의 무력함을 나눌 뿐이라도 그 나눔이 '아무것도 아닌 것'일 리 없다는 진실을 전한다. 이 단편은 친구인 규와 '나', 그리고 이들의 초등학교 은사 김선생의 연례행사인 A시로의 여행을 그린다. 함께 다닌 초등학교가 있다 뿐 A시가 "엄밀히 말해 누구의 고향도"(11쪽) 아니라는 점에서 이 여행은 세 사람이 함께하기 위한 구실에 가까워 보인다. 어느 지점까지는 스마트폰을 과시하며 규의 십육 년 된 고물 씨에로를 못마땅해하는 김선생과 어느 한 곳 변변한 데 없는 씨에로를 수선하고 달래며 애지중지하는 규 사이의 대립이 전면에 나서지만, 이 대립의 외피 아래에는 규의 삶에 찾아온 위기가 놓여 있다. 췌장암 진단을 받은 규를 어떻게든 설득해서 치료를 받게 하려는 김선생에게 규의 씨에로란 그냥 앓겠다는 포기 의사처럼 보이는 것이다. 반면 고아원 출신으로 일생 부채감과 의무감으로 살아온 규에게 씨에로는 삶의 기억을 고스란히 담은 분신이며, 그렇기에 "차에 난 흠집과 거기에 얽혀 있는 기억을 없애"(32쪽)지 않는 것이야말로 스스로에게 충실하려는 의지의 다른 이름이다.

김선생이 규를 향한 안쓰러움과 애정을 씨에로에 대한 불평으로 표현하듯, 규는 성한 곳 없는 씨에로를 김선생과 '나'를 향한 자잘한 배려의 핑계로 삼는다. 서울로 돌아가지 않겠다는 규에게 화를 내며 김선생 혼자 내려버리는 것 또한 적어도 화자가 규와 함께 있으리란 걸 알기에 나온 행동이었을 것이다. 오래도록 어긋난 인연이던 규와 '나' 단둘의 짧은 여행은 잠시나마 일탈처럼 설레고 향연처럼 황홀한 순간으로 이어진다. 손에 잡히지 않는 바람이 김선생이 찍은 사진 속에서 "그토록 다채로울"(36쪽) 수 있는 것처럼, 서로를 향한 세 사람의 이런 마음들의 어느 것도 규의 죽음을 막아주지는 못했지만 또 그중 어느 것도 그저 덧없이 사라지지 않을 것임은 분명하다. 그 사실을 담아냈다는 점에서, 이들의 "또 하나의 애틋한 기억"(38쪽)을 그린 「씨에로」 역시 그 자체로 '애틋한 기억'이 된다.

다시 『내 이웃의 안녕』이 말하는 공감의 효용으로 돌아가보자. 어떤 일을 실제로 도모한다는 기준으로 볼 때 그것은 대수라고 말할 수 없을 만큼 무력한 것일지 모른다. 그러나 '그것이 무엇을 할 수 있는가' 하는 질문이 곧잘 놓치는 대목은 그것을 잃어버릴 때 우리가 치러야 할 대가이다. 이웃을 만들어가고 그의 안녕을 염려하는 일이 곧 연대의 구축이라 말한다면 분명 과장일 것이다. 하지만 그것은 연대의 영도 지점을 보존하고 장차 어찌될지 모를 파동의 미세한 원천을 지키는 행위이다. 서로의 욕망에 진저리치든 아니면 서로의 무력함에 좌절하든 우리가 결코 닫지 말아야 할 자리를 거듭 일깨운 표명희의 소설들이 장차는 더 파격적인 모험으로 진행하기를.

작 가 의 말

원고를 넘기고 책이 나오는 동안 이사를 했다. 서울을 뒤로 하고 한강을 건너고 또 바다를 건넜다.

처음, 이사 갈 곳을 알렸을 때 많은 이들이 고개를 갸웃했다.

—거기, 아는 사람은 있어?

한 친구가 염려스러워하며 물었다.

—내가 첫 깃발 꽂는 셈이지.

콜럼버스라도 되듯 의기양양하게 그의 우려를 일축했다.

—딱 이 년만 살아보고 와.

멀어지는 게 서운한 또 다른 친구는 다짐 섞인 당부까지 했다.

곰곰 헤아려보니 서울에 발을 들여놓고 열아홉번째 이사였다. 옮겨다니며 사는 데 누구보다 익숙하지만 서울을 떠난다는 점에서 이전과 감회가 다르긴 했다. 삼십 년 가까이 살아온 도시 아닌가…… 그렇긴 해도 이사 가는 사람을 유배 떠나보내듯 과민반응인 주변 사람도 낯설긴 마찬가지였다.

많은 이들의 우려와 아쉬움 속에 '○○도'라는 곳으로 와서 섬주민이 됐다. 언젠가 제주도에 갔을 때, 섬사람들 의식 저

깊은 곳에는 두 종류의 사람이 자리하고 있음을 느꼈다. 섬사람과 뭍사람. 뭍사람을 대하는 섬사람들 태도에는 토박이들이 타지 사람을 대하는 것과는 또 다른 뭔가가 있었다. 뭍에 대한 동경, 그리고 뭍사람들이 갖는 뭍 중심주의에 대한 염증과 상대적 소외감이 불러오는 무의식적 반응이 아닐까 싶었다. 섬과 뭍 사이에 놓인 심연 같은 바다를 늘 보고 산다면 그런 생각은 바위에 끼는 물이끼처럼 자연스러울 것 같았다. 그래서 낯설고 물선 곳으로의 이사는 나를 더 설레게 했다.

막상 와보니 그런 생각은 나의 깜냥에 지나지 않았다. 내 기대도, 친구들 예상도 보란듯 빗나갔다. 기술문명이 섬과 뭍의 골을 '메워'놓았다기보다 아예 없애버린 것 같았다. 아니, 뒤집고 흔들어놓았다고 할까. 20킬로미터가 넘는 다리가 바다를 가로지르며 섬과 뭍을 잇고 있어 뭍과 섬의 구분은 철로 위 어느 지점에서가 아니면 알기도 어려웠다. 섬주민이 서울을 오갈 때 이용하는 교통수단은 배가 아니라 철도, 그중에서도 공항철도다. 구공항과 신공항 사이에 있는 국제적 섬 도시

같은 지역이라고나 할까. 집 뒤로는 바다가 펼쳐져 있고 옆에는 야산이 잇대어 있지만, 집 앞, 아파트 단지를 한 블록 벗어난 곳에는 전철역과 대형 마트, 호텔과 오피스텔이 자리하고 있어 여느 신도시와 다를 바 없다. 하늘에는 구름 떠 있듯 비행기가 늘 보인다. 어떤 비행기는 UFO 같다. 인근에는 주택시장에서 유령도시라 일컫는 입주율 낮은 고층아파트 단지가 우뚝우뚝 서 있어 신비감을 더한다.

섬 주민을 실감할 때도 있다. 농협 대출 창구 상담 직원을 마을회관 주말 직거래 장터에서 맞닥뜨릴 때, 어쩌다 집으로 가는 마지막 전철을 놓쳐 홍대 앞 심야 카페에 죽치고 앉아 날이 밝기를 기다릴 때…… 그럴 때는 거친 파도를 탓하며 건너편 해안에 쭈그리고 앉아 집을 바라보는 섬 주민 같은 심정이 된다.

전철을 타고 오가는 안과 밖의 풍경도 이채롭다. 커다란 여행용 가방을 발치에 둔 사람들 사이에 앉아 있으면 나도 여행에 나선 기분이다. 창밖으로는 드넓은 갯벌이 펼쳐지다 어느 순간 마천루의 빌딩숲이 '출몰'하듯 나타나기도 한다. 굴뚝에서 흰 연기가 뿜어져나오는 공장지대와 거대한 화물선이 떠 있는 항구가 저 멀리 보이나 싶으면 건너편 창에는 한강 뱃길이 다가선다. 사람들이 주고받는 말도 마찬가지다. 중국 말에 이어 영어가 들리나 싶으면 한켠에서는 일본어가 흘러나오고, 스마트폰 액정화면이나 벽면 영상 모니터에 빠져 있는 절대 다수 승객들 틈에 구부정한 어깨로 책장을 넘기고 있는 외계인 같은 사람도 있다. 시공간이 뒤섞인 어지러운 전철 안팎 풍경, 그런 풍경 속을 질주하는 전철 속에서 나는 도시에 처음 온 섬 아이처럼 어리바리한 눈을 연신 굴린다. 이 낯선 환경이 신기하기도 하고 제대로 적응할 수 있을까 미심쩍기도 한, 그런 와중에 책을 낸다. 책을 펴내는 일이 작가든 출판사든 용기와 모험심을 요하는 시대에……

세번째 소설집이다. 좋은 출판사와 편집자를 만난 건 작가로서 행운이 아닐 수 없다. 낯선 곳에서 헤매고 있을 때 만난 길 안내자처럼 감사의 마음이 각별하다.

'저 우주에 있는 도서관에 책 하나 꽂는다는 심정으로 계속 써.'

선배의 한마디와 이 책이 환각제가 되어 다음 작품을 써나갈 수 있을 것 같다. 안전은 보장할 수 없으나 잠시나마 환각제가 필요한 이들에게 이 책을 바친다.

2014년 1월

섬을 가로지르는 열차 안에서

표명희

수록 작품 발표 지면

씨에로……「한국문학」 2011년 겨울호

달팽이를 길러야 할 때……「문학사상」 2011년 6월호

쇼핑 좋아하세요?……「문장 웹진」 2011년 3월호

내 이웃의 안녕……「작가들」 2011년 여름호

바닥……「도요문학」 2013년 상반기

소품……「아시아」 2011년 겨울호

고호의 침실……「한국문학」 2004년 봄호

내 이웃의 안녕

1판 1쇄 발행 2014년 1월 17일

지은이 표명희
펴낸이 정홍수
편집 김현숙 김정현
펴낸곳 (주)도서출판 강
출판등록 2000년 8월 9일(제2000-185호)

주소 서울시 마포구 서교동 460-45(우 121-842)
전화 02-325-9566~7
팩시밀리 02-325-8486
전자우편 gangpub@hanmail.net

값 13,000원
ISBN 978-89-8218-188-7 03810

이 도서의 국립중앙도서관 출판시도서목록(CIP)은 e-CIP 홈페이지(http://seoji.nl.go.kr)와
국가자료공동목록시스템(http://www.nl.go.kr/kolisnet)에서 이용하실 수 있습니다.
(CIP 제어번호: CIP2014000354)

* 이 책은 2011년 한국문화예술위원회의 문학창작활동지원금을 받았습니다.